ULRICH MAIER

Schrebergartenmafia

ULRICH MAIER
Schrebergarten-mafia
Rita Delboscos zweiter Fall

GMEINER SPANNUNG

Bisherige Veröffentlichungen im Gmeiner-Verlag:
Gift im Brezelteig (2015)

Personen und Handlung sind frei erfunden.
Ähnlichkeiten mit lebenden oder toten Personen
sind rein zufällig und nicht beabsichtigt.

Besuchen Sie uns im Internet:
www.gmeiner-verlag.de

Im Ehnried 5, 88605 Meßkirch
Telefon 07575/2095-0
info@gmeiner-verlag.de

1. Auflage 2016

Lektorat: Claudia Senghaas, Kirchardt
Herstellung: Mirjam Hecht
Umschlaggestaltung: U.O.R.G. Lutz Eberle, Stuttgart
unter Verwendung eines Fotos von: © spacejunkie/photocase.de
Druck: GGP Media GmbH, Pößneck
Printed in Germany
ISBN 978-3-8392-1960-7

Zum Golde drängt, am Golde hängt doch alles.
Ach, wir Armen!
Goethe

VORBEMERKUNG

Handlungsorte:

Stuttgart, Landeshauptstadt und Hochburg der Mafia

Schoppendorf, bedeutende Provinzhauptstadt am Neckar

Bäringen, verträumtes Städtchen an der Sulz, das schon bessere Zeiten gesehen hat.

Schoppendorf und Bäringen sind erdachte, aber typische Orte mitten in Baden-Württemberg. Bäringen schmiegt sich in ein idyllisches Waldtal der Sulz, umgeben vom Bäringer Bergland. Das Sulztal öffnet sich in Richtung Schoppendorf, das zwischen ausgedehnten Weinberghängen in einem weiten, sonnigen Talkessel liegt.

Was Stuttgart angeht, siehe Seite 25.

Um keine Missverständnisse aufkommen zu lassen: Die Handlung und alle darin vorkommenden Personen sind frei erfunden und dennoch mitten aus dem Leben gegriffen. Denn auch eine erfundene Geschichte benötigt einen realistischen Hintergrund, besonders, wenn sie in der Gegenwart spielt und auf aktuelle Fragen Bezug nimmt.

MONTAG
21.9.

»So ein mieser Typ!« Wütend kurbelte ich die Seitenscheibe meines VW Käfers runter, streckte meinen Kopf aus dem Fenster und rief nach hinten: »Ich war zuerst da!«

Ein Riese in elegantem Straßenanzug stieg aus dem teuren Schlitten, der –während ich rückwärts einparken wollte – mit Schwung die Parklücke besetzt hatte.

Er grinste mich mitleidig an: »Madonna mia, scusi poverino. Die Welt ist schlecht, si, aber ich hab's eilig.«

Er hielt mir einen 50-Euro-Schein unter die Nase und als ich ihn nur verächtlich anstarrte, zuckte er die Schultern und schob ihn in seine Hosentasche. Dann eilte er mit langen Schritten davon und war – bevor ich es richtig fassen konnte – in einer der noblen Villen über dem Stuttgarter Talkessel verschwunden.

Entnervt kurbelte ich die Scheibe wieder nach oben und fuhr auf der Suche nach der nächsten Parklücke mit Luchsaugen die Stafflenbergstraße entlang. Gleich bei der Kirche hatte ich Glück und konnte meinen Käfer zwischen einen bunt schillernden Smart und einen schwarzen Wrangler quetschen.

Nervös schaute ich beim Aussteigen auf die Uhr des weißen Quaderturms von St. Konrad hoch, die gerade zur halben Stunde zweimal geschlagen hatte. Wenn ich die Sünderstaffel nähme, könnte es noch klappen. Ich fand den Einstieg in das parkartige Hanggelände und sauste die Treppen hinunter.

Viertel vor sechs hatte ich mit Rita ausgemacht, im »Tempus«, unten im Haus der Geschichte, gleich neben der Musikhochschule und dem Haus der Abgeordneten. Auf die rote Fußgängerampel in der Alexanderstraße achtete ich nicht, schlängelte mich durch den fließenden Verkehr und hastete im Laufschritt auf das Wilhelmspalais zu. Kurz vor Dreiviertel bog ich in die Stuttgarter Kulturmeile ein und wenig später sah ich durch die großen Scheiben des »Tempus« den roten Schopf von Rita Delbosco hell aufleuchten.

Als sie mich erkannt hatte, winkte sie mir fröhlich zu. Gleich darauf gab sie mir mit der flachen Hand, die sie behutsam hob und senkte, zu verstehen, dass ich mein Tempo verlangsamen sollte. Wie ein Fels in der Brandung thronte sie hinter der Glasscheibe des Cafés und betrachtete interessiert das pulsierende Treiben auf dem Fußgänger-Highway über der Konrad-Adenauer Straße.

»Langsam, langsam, Nils, kein Grund zur Hektik«, empfing sie mich seelenruhig und wies auf den Stuhl gegenüber. »Mein Zug fährt erst in einer Stunde.«

Dabei hatte sie mir am Telefon eine Sensation versprochen. »Schoppendorf steht Kopf«, hatte sie ins Handy gebrüllt. »Morgen lasse ich die Bombe platzen. Mein Artikel kommt auf die Titelseite des ›Echo‹!«

Den ganzen Nachmittag hatte ich mir den Kopf zerbrochen, was sie damit gemeint haben könnte, und sie saß da – die Ruhe in Person. Höflich erkundigte sie sich nach meiner Arbeit in der landespolitischen Redaktion des SWR, redete über dies und das, bis ich es einfach nicht mehr aushielt. Meine Neugier war nun nicht mehr zu zügeln.

»Rita, wir treffen uns hier doch nicht nur zum Plaudern. Schieß endlich los!«

In stoischer Ruhe lächelte sie mich an, aber ihre Augen blitzten spöttisch. »Nils Niklas, immer noch der junge ungeduldige Kollege mit dem Faible für kluge Sprüche? Kannste haben.« Sie warf ihren Kopf zurück und zitierte: »*Wer sich nicht einmal dem Nichtstun hingeben kann, ist kein freier Mensch*. Sagt Cicero. Ist schon über 2.000 Jahre her, gilt aber trotzdem noch.« Dann lehnte sie sich über den Tisch und fragte geheimnisvoll: »Du kennst doch das ehemalige Rangierbahnhofgelände in Schoppendorf.«

»Die Großbaustelle, wo der neue Wohnpark und das Geschäftszentrum entstehen sollen?«

»Genau. Heute Morgen also komme ich zufällig da vorbei, höre Martinshorn, sehe Krankenwagen und Einsatzfahrzeuge der Polizei mit Blaulicht, direkt an der Baustelle. Ich stelle mein Auto auf dem Gehweg ab, schnappe mir die Kamera aus dem Handschuhfach und stürze aus dem Wagen zum Bauzaun. Du ahnst nicht, was ich vor die Linse krieg. Tief in der Grube knien zwei ratlose Sanitäter vor einem Betonfundament. Als ich näher komme, bleibt mir fast das Herz stehen. Mein erster Gedanke: Das gibt es nicht! Ich habe sonst einen stabilen Kreislauf, aber da …«

»Der Krankenwagen war ja schon da«, witzelte ich, um mich ein bisschen für ihr hinterhältiges Spiel mit meinen Nerven zu revanchieren.

Rita ließ sich nicht aus der Ruhe bringen und verstand es sogar, meine Neugier noch weiter anzustacheln. »Entschuldige, mir ist nicht zum Lachen zumute. So was Grausliches habe ich selten gesehen. Wenn ich daran denke, wird mir jetzt noch schlecht. Die beiden Sanitäter waren gerade dabei, den Beton des Fundaments zu prüfen. Und jetzt, halt dich fest: Aus dem Fundament ragten zwei Beine, zwei nackte menschliche Beine! Der Beton begann schon hart zu werden.«

Jetzt blieb mir doch die Spucke weg und ich unterbrach ihre Schilderung. »Das ist nicht dein Ernst! Wie kann so was überhaupt passieren?«

Rita berichtete ungerührt weiter: »Ich knipse wie wild, die Polizei ist dabei, alle Zugänge abzuriegeln. Dann geht alles sehr schnell: Unten wird vorsichtig ein Zelt über die Stelle geschoben. Zehn Minuten später und ich hätte nur noch dieses Arbeitszelt fotografieren können! Ich krieg gerade noch mit, wie eine Beamtin einen verstörten Rentner zur Seite drängt. ›Aber ich habe ihnen doch gesagt, dass ich es war, der Sie vor zwei Stunden angerufen hatte‹, entrüstet er sich. – ›Wir haben ihre Personalien ja aufgenommen. Sie hören bald wieder von uns‹, beschwichtigt sie ihn.«

»Moment mal«, unterbrach ich sie noch einmal, um mich zu vergewissern, »hab ich das richtig verstanden? Eine Leiche in einem Betonfundament? Die kann ja seit Stunden, vielleicht sogar seit Tagen da drin liegen.«

Rita nahm einen Schluck von ihrem Cappuccino. »Das ist ja das Merkwürdige. Und weshalb findet sie ausgerechnet beiläufig ein Rentner, und was macht der tief unten in einer Baugrube? Die Bauarbeiten sind jedenfalls fürs Erste unterbrochen. Ich konnte kurze Zeit später mit dem Einsatzleiter sprechen. Als Erstes hat er mir striktes Fotografierverbot erteilt.«

Sie winkte ab, lächelte augenzwinkernd. »Die Fotos hatte ich ja zuvor schon gemacht, hat nur keiner gesehen. Dann gab er doch noch zögernd Auskunft. Das Fundament wird in den nächsten Tagen aufgebrochen, der Block mit der Leiche geborgen und ins Gerichtsmedizinische Institut nach Tübingen gebracht. Einen Unfall kann man ausschließen. Die Beine ragen nackt aus dem Beton!«

»Das sieht eher nach einem Gewaltverbrechen aus. Und der Rentner? Konntest du mit ihm sprechen?«

»Nur kurz. Der war noch ganz verstört. Aber ich hab ihm meine Karte gegeben, Ellwanger heißt er. Er hat versprochen, mich noch heute Abend anzurufen.«

»Seit Wochen gibt es doch schon Zoff um dieses Großprojekt!«

»Und ob!« Rita nickte zur Bestätigung, dann schüttelte sie unwillig ihren wilden Lockenkopf. »Die Schoppendorfer wollten hier einen Park haben, ein Naherholungsgebiet mit Spielplätzen, Fahrradwegen, Badesee und Picknickwiesen! Eine grüne Zone nahe der Innenstadt, wo früher die Güterzüge rangierten – als noch nicht alle Waren auf der Straße transportiert wurden wie heute.«

»Ich erinnere mich«, warf ich ein. »Wir hatten darüber in der Landesschau berichtet. Und dann hat die Bahn das alte Rangierbahnhofgelände an ein Planungskonsortium verkauft, das eine astronomische Summe dafür geboten haben soll, um hier ein ganz neues Wohn- und Geschäftszentrum aus dem Boden zu stampfen.«

Ritas Augen funkelten wütend. Wie ein Tiger, der auf Angriff geht, zog sie ihren Kopf ein, beugte sich vor und fauchte: »Wohlgemerkt – keine Sozialwohnungen, sondern Cityappartements für Zahlungskräftige«, sie rieb Daumen und Zeigefinger aneinander, um zu unterstreichen, dass es um viel Geld ging, dann hieb sie mit der flachen Hand auf den Tisch. »Und jetzt endlich hat sich eine Bürgerinitiative gebildet, die dagegen protestiert und mit allen möglichen Aktionen der Stadtverwaltung Dampf machen will, noch im letzten Moment das Projekt zu stoppen und …«

Es düdelte in ihrer Handtasche. Rita verstummte mitten im Satz, stellte die Tasche neben sich auf den Tisch und begann ausgiebig in ihr zu graben. Endlich hatte sie ihr Smartphone gefunden. Dann flötete sie mit ausgesuchter Freundlichkeit: »Herr Ellwanger! Schön dass Sie anrufen. Ja? … Nein! … So? … Selbstverständlich! … Morgen um Elf an der Baugrube? … Ja, sicher! … Da bin ich aber sehr gespannt …« Sie dankte mit blumigen Worten und verabschiedete sich überschwänglich.

Während sie ihr Smartphone in ihrer Handtasche zurück verstaute, murmelte sie: »Das wird ja immer mysteriöser!« Und als sie meinen fragenden Blick bemerkt hatte, klärte sie mich endlich auf: »Ellwanger ist Sondengänger. Sucht die Baugrube nach archäologischen Funden ab, mit so einem Metalldingsda, du weißt schon. Er behauptet felsenfest, dass das Landesamt für Denkmalpflege demnächst einen zeitlich unbegrenzten Baustopp verhängen wird. Er hat was von einer antiken römischen Niederlassung gefaselt, die dort unten liegen soll.«

»Römer in Beton«, flachste ich, »das gibt eine fantastische Schlagzeile.«

Ihr vernichtender Blick traf mich. »Hinter der Geschichte steckt mehr, als dieser seltsame Mordfall. Das sagt mir mein Instinkt. Das ist nur die Spitze des Eisbergs!«

Ritas Erregung verführte mich dazu, sie ein bisschen weiter zu reizen, ich konnte mich einfach nicht beherrschen und fragte mit Unschuldsmiene: »Hab ich dich richtig verstanden? Die Beine im Beton als Spitze eines Eisbergs?«

Sie begann zu kochen. »Machst du dich lustig über mich? Dir wird das Lachen noch vergehen! Ich krieg raus, was hinter der Sache steckt! Und diesmal lasse ich mir nicht verbieten, ausführlich darüber im ›Echo‹ zu berichten.«

Sie spielte auf unsere gemeinsame Zeit beim »Schoppendorfer Echo« an, als wir für eine kurze Frist Kollegen waren und die Polizei uns in einem Erpressungsfall einen Maulkorb verhängt hatte. Es waren nur ein paar Wochen gewesen, aber ich hatte in Schoppendorf und Bäringen viele gute Freunde gewonnen – und sehr viel für meinen Beruf als Journalist gelernt. Ich erinnere mich noch heute gerne an diese Zeit.

»Die Sache könnte mich auch interessieren«, deutete ich vorsichtig an. »Morgen beginnt mein Urlaub.

Hättest du was dagegen, wenn ich ihn in Schoppendorf antrete?«

Rita schien versöhnt und lächelte verschwörerisch. »Blut geleckt? Warum auch nicht? – Dann morgen pünktlich um elf an der Baustelle?« Sie blickte auf die Uhr. »Mein Gott, ich muss los!«

Sie stürzte zur Garderobe, nahm ihre Jacke, stürmte zur Tür und blickte sich nicht mehr nach mir um.

»Dein Kaffee geht auf meine Rechnung«, rief ich ihr nach. »Also dann bis morgen!«

Hatte Sie mich noch gehört?

Nachdenklich stieg ich die Sünderstaffel hoch, an den mächtigen alten Bäumen vorbei, dachte über den merkwürdigen Mordfall nach und blickte zu den herrschaftlichen Jugendstil-Häusern in den ehrwürdigen, aber verwilderten Gärten, die sich den Hang hochzogen, suchte die berühmten Inschriftsteine und erinnerte mich daran, was ich einmal über sie gelesen hatte. Die eingegrabenen Buchstaben waren fast nicht mehr zu entziffern: *Gott sey mir Sünder Gnedig,* auf dem einen, auf dem anderen ein Totenkopf und ein alter lateinischer Spruch, *NOLI AMPLIUS PECCARE*, auf Deutsch: *Sündige hinfort nicht mehr*.

Nach der Sage gab es hier vor Zeiten eine Hinrichtungsstätte. Ich hatte eine kleine Plattform auf halber Treppenstrecke erreicht, atmete kräftig durch und blickte auf die Stufen, die noch vor mir lagen. Ganz dort oben auf dem Berg liegt die Villa Reitzenstein, von wo aus die Geschicke des Landes Baden-Württemberg gelenkt werden. Die Fahne auf dem runden Türmchen sieht man – tief unten – vom Landtag aus, als wolle sie darauf aufmerksam machen: Hallo, ihr da unten. Hier oben regieren wir! Die Sünderstaffel, die zum Regierungssitz führt …

Oben bei der Stafflenbergstraße ließ ich die Augen nach meinem Käfer schweifen, da sah ich ihn wieder, den unverschämten Kerl, der mir vorhin im letzten Moment die Parklücke weggeschnappt hatte! Jetzt machte er sich auch noch an meinem Auto zu schaffen!

Obwohl ich noch ganz atemlos von den vielen Treppen der Sünderstaffel war, stürzte ich los, aber der Bursche war bereits verschwunden, als ich ankam. Unter meinem Scheibenwischer steckte ein Zettel, ein Knöllchen der besonderen Art. In schön geschwungener Schrift stand da: »*Wer eilet, Geld zu verdienen, der bleibet nicht unschuldig.* Sprüche Salomonis. Ich rufe Sie demnächst in Ihrer Redaktion an.«

Woher wusste der …? Kannte er mich? Sollte ich ihn kennen? Ganz in Gedanken stieg ich in meinen Käfer.

DIENSTAGVORMITTAG 22.9.

Ich war noch mal drüben im Funkhaus, Mails und Termine checken, Anrufversuche abklären, ein letzter kontrollierender Blick von der Tür zurück in mein Büro – man weiß ja nie, wer alles reinkommt, während man in Urlaub ist.

Dann nichts wie los! Mit meinem Rad die Villastraße hinunter zur Neckarstraße mit ihrem nie abreißenden Verkehr, durch den Schlossgarten Richtung Bahnhof, vorbei am Bauzaun von Stuttgart 21, hinter dem sich die Bagger und Planierraupen gnadenlos durch den Baugrund fraßen. Ein Milliardengeschäft, an dem nicht nur die Bauleute verdienten.

Der Morgendies ließ die Sonne als Scheibe milchig durchscheinen, die Luft war noch rau, versprach aber einen milden Spätsommertag. Bei einem Biergarten ließ ich mein Rad stehen und stieg auf der mehrfach gewinkelten Fußgängerkäfigbrücke über die Baustelle, unter mir die mächtigen blauen Rohre, die das Grundwasser abpumpen sollten. Nach wenigen Minuten hatte ich die für die Bauzeit vorgezogenen Bahnsteige erreicht.

Meine fröhliche Stimmung trübte sich erst ein, als ich die samtene Stimme aus dem Lautsprecher hörte, die verkündete, dass der Zug nach Schoppendorf wieder mal Verspätung hatte. Ich stand auf dem Bahnsteig rum und wartete.

Gestern Abend hatte ich bei meiner früheren Vermieterin in Schoppendorf angerufen. Frau Eisele war hellauf begeistert – und freilich könnte ich ein paar Tage bei ihr wohnen. Die möblierte Einliegerwohnung stünde leer. Sie freue sich riesig. Mehr als eine halbe Stunde hatte sie auf mich eingeredet, erzählt und erzählt – und mich an die Zeit erinnert, als ich beim »Schoppendorfer Echo« meine erste Stelle als Lokalredakteur bekommen und dann so schnell wieder verloren hatte.

Na endlich! Der Zug fuhr ein, kam zum Stehen, die Türen öffneten sich – wieder mal an der falschen Stelle. Ich musste ein gutes Stück zurücksprinten, um den Anschluss an die Menschentraube zu bekommen, die hineindrängte. Wozu diese Eile? Die Zeit der Verspätung konnten die Fahrgäste durch ihre Hetzerei nicht ausgleichen! Kaum war ich drin, um mich nach einem freien Platz umzusehen, vernahm ich hinter mir eine wohlklingende Stimme, die mir seltsam bekannt vorkam.

»Signore Niklas, buon giorno! Was für eine hübsche Überraschung!«

Der Riese von gestern Abend! Ich fuhr herum. Ein Platz ihm gegenüber am Fenster war noch frei.

Warum nicht, dachte ich mir, dann kann er mir gleich erzählen, was er von mir will. Ich nickte ihm zu einer knappen Begrüßung zu und setzte mich.

»Wie hat Ihnen das Zitat gefallen?« fragte er mich in vertrautem Ton, als würden wir uns schon seit ewig kennen. Während ich mich an den Spruch zu erinnern versuchte, streckte er mir auffordernd seine Rechte hin. Als ich etwas zögerte, nahm er sie schnell wieder zurück und entschuldigte sich: »Scusi, ich habe mich Ihnen noch gar nicht vorgestellt, Silvio Mercadante, warten Sie.«

Er suchte in der Innentasche seines teuren Modeanzugs seine Brieftasche und zog eine Karte aus feinstem Büttenpapier hervor, die er mir schwungvoll überreichte. »Rechtsanwalt«, stand lapidar unter seinem in grazilen Lettern gedruckten Namen, darunter noch Mailadresse und Telefonnummer.

»Entschuldigen Sie nochmals, mein Verhalten gestern – no, no, das war nicht korrekt. Nicht zu rechtfertigen, auch nicht durch die Hektik eines Geschäftstermins, der für mich sehr wichtig war. Was war ich froh, als ich dann später sah, dass Sie doch noch ein Plätzchen gefunden hatten!«

Tat es ihm wirklich leid oder machte er sich über mich lustig? Ich ging auf seinen jovialen Ton nicht ein, blieb lieber auf Distanz und antwortete knapp: »Sie wollten mich in der Redaktion anrufen?«

Er nickte impulsiv, winkelte seine Arme an und breitete die Hände aus. »Si, si, eigentlich schon letzte

Woche.« Dann veränderte er plötzlich seinen Tonfall, lehnte sich zurück und sagte mit Bedauern, als ob er mir etwas Unangenehmes mitteilen müsste: »Ich habe in der Landesschau Ihren Bericht über das Bauprojekt in Schoppendorf gesehen – und der hat mir, entschuldigen Sie, gar nicht gefallen. Zu einseitig, ja, viel zu einseitig. Sie haben nur die Projektgegner zu Wort kommen lassen. Und jetzt heute Morgen der Zeitungsartikel Ihrer Kollegin im ›Schoppendorfer Echo‹!«

Ich blickte neugierig auf.

»Sie kennen ihn noch nicht? Warten Sie.« Er kramte in seinem Aktenkoffer und hielt mir die Zeitung vor die Nase.

Ungeduldig riss ich ihm das Blatt aus der Hand und begann zu lesen: *Baustopp nach Gewaltverbrechen.* Unter der Schlagzeile das Bild von den beiden Sanitätern über dem Betonfundament mit den beiden menschlichen Beinen. Sehr eindrucksvoll. Rita hatte nicht übertrieben. Zwei Füße und ein Teil der Waden und Schienbeine ragten etwa 30 Zentimeter aus dem Beton. Ich überflog den Artikel. Rita schrieb von skandalösen Machenschaften eines Syndikats von Baulöwen, Bankern und Bahnmanagern, die dem erklärten Willen der Stadt und ihrer Bürgerschaft zuwiderhandelten. Über dem Vorhaben stehe kein guter Stern. Und jetzt der grausige Fund in der Baugrube …

Mercadante ließ mich derweilen nicht aus den Augen. Er schien aus meinem Mienenspiel herauslesen zu wollen, wie der Artikel auf mich wirkte. Dann platzte er los: »Was dachte sich Ihre Kollegin da! Sie kann doch dieses furchtbare Verbrechen nicht mit dem Bauprojekt in Verbindung bringen!«

Ich wunderte mich ein wenig über seine erregte Reaktion und fragte:»Was haben Sie denn mit der Sache zu tun?«

In Sekundenschnelle schien er seine Gefühle wieder im Griff zu haben, lächelte verbindlich und erklärte ruhig und bemüht sachlich: »Wir vertreten die Gläubigerbank der Baufirma.« Er schwieg und man sah, dass es in ihm arbeitete. Dann konnte er seinen Ärger nicht mehr überspielen und schimpfte los: »Was denken Sie, wie viel die Firma dieser Baustopp kostet! Die teuren Maschinen stehen still, all die vielen Arbeiter, die weiterbezahlt werden müssen! Mit jedem Tag, an dem hier nicht weitergebaut werden kann, wächst die Gefahr, dass der Bauunternehmer Insolvenz anmelden muss!«

»Sie stellen wohl den Profit über alles?«, verteidigte ich Ritas Artikel und versuchte ruhig zu bleiben. »Hier geht es nicht um Rentabilität, hier muss eine Gewalttat aufgeklärt werden, ganz abgesehen davon, dass die Schoppendorfer dieses Bauprojekt gar nicht haben wollen. Aber das scheint Sie und Ihresgleichen gar nicht zu kümmern!«

Ich legte die Zeitung zusammen und streckte sie ihm hin. Er achtete nicht darauf, führte seine Hände in Gebetshaltung unter die Nase und antwortete mit ausgesuchter Freundlichkeit: »Lieber Signore Niklas, jetzt lassen Sie uns doch den Fall einmal ohne Emotionen in aller Ruhe betrachten. Schauen Sie, wir leben in einer Demokratie, in der die gewählten Vertreter der Mehrheit entscheiden. Und die haben entschieden, nach langem und sorgfältigem Abwägen haben sie sich für den neuen Stadtteil ausgesprochen, um das alte Rangierbahnhofgelände einer sinnvollen Nutzung zuzuführen. Die zuständige Behörde, das Regierungspräsidium in unserer schönen Landeshauptstadt Stuttgart, unterstützt das Projekt. Sicher sind einige Leute anderer Meinung, die gibt es ja immer und das dürfen sie auch.«

Mit einem Mal nahm seine Stimme einen schneidenden Ton an: »Aber Sie«, er richtete seinen ausgestreckten Zeigefinger auf meine Brust, »Sie tragen als Vertreter der Presse, der sogenannten vierten Gewalt im Staate, eben auch Verantwortung für das demokratische Gemeinwesen und können nicht einfach Partei ergreifen, wie es Ihnen gerade passt. Bleiben Sie doch bitte objektiv!«

Im selben Ton bellte ich zurück:»Gott sei Dank haben wir eine freie Presse in unserem Land und ich kann schreiben, was ich für richtig und notwendig halte.«

Ich warf ihm die Zeitung zu, er fing sie geschickt auf und steckte sie in seine Aktentasche zurück. Eine Weile schauten wir beide wortlos aus dem Fenster, wo Kleingärten mit kleinen Laubenhäuschen im

Wechsel mit Gewerbebetrieben an uns vorüberzogen.

Der Gedanke, den Rest der Fahrt mit grimmigen Gefühlen verbringen zu sollen, gefiel mir ganz und gar nicht. Heute war mein erster Urlaubstag, draußen schien die Sonne von einem unverschämt blauen Himmel und eigentlich wollte ich mich darauf freuen, bald meine alten Freunde in Schoppendorf und Bäringen wiederzusehen. Deshalb nahm ich das Gespräch wieder auf, schlug einen versöhnlicheren Ton an und fragte mein Gegenüber nach seiner Familie im schönen Italien und welches Schicksal ihn denn nach Stuttgart verschlagen hätte. Wie ausgewechselt lächelte mir Mercadante zu, war wieder die Liebenswürdigkeit in Person.

»Come Firenze, Stuttgart ist wie Florenz«, schwärmte er, lobte die Lage der schwäbischen Weltstadt zwischen den sanften Hängen, den Weinbergen, ihr kulturelles Angebot, die Oper, die Theater, die Museen, die Restaurants, die Menschen, die wunderschönen Parkanlagen …, konnte sich gar nicht bremsen und schilderte Baden-Württembergs Landeshauptstadt, als gäbe es keine schönere Metropole auf der ganzen Welt. Mir fiel ein uralter Werbeslogan ein, mit dem Stuttgart einst auf sich aufmerksam machte: »Stuttgart – Weltstadt zwischen Wald und Reben.« Lästermäuler hatten daraus »Großstadt zwischen Hängen und Würgen« gemacht.

Silvio Mercadante war inzwischen bei seinen sehr persönlichen Eindrücken angelangt und erzählte amüsiert von seinen Erfahrungen als Italiener im Schwabenland.

»Puntualmente, sempre puntualissimo«, sagte er und stippte mit seinem Zeigefinger auf das Zifferblatt seiner teuren Armbanduhr. Alles *just in time*, das musste ich erst lernen, ganz abgesehen von der Kehrwoche.«

Ich konnte mir mein Gegenüber nur schwer mit Besen, Eimer und Schaufel vorstellen und meinte ironisch. »Ach, Sie Armer, wie oft sind Sie denn dran im Monat?«

Er lachte und schüttelte seinen schwarzen Lockenkopf. »Das wäre nichts für mich. Ich wohne im Hotel, wenn ich in Stuttgart bin. Aber samstags, dieses Bild, wenn überall gefegt und geputzt wird, daran musste ich mich erst gewöhnen.«

Ob ihm das denn so schwergefallen sei, fragte ich belustigt.

Er musterte mich einen Augenblick, schien zu überlegen, ob meine Frage ernst gemeint war, bevor er sagte: »Wir Italiener können von den Schwaben einiges lernen, aber die Schwaben auch von uns.«

»Das tun wir doch schon seit Jahrhunderten«, gab ich zurück. »Nehmen Sie die Maultaschen, als schwäbische Antwort auf die Ravioli oder unseren Zwiebelkuchen als handfeste Variation der Pizza.«

»Etwas mehr Gelassenheit, Lebensfreude, *Dol-*

cefarniente würde den Schwaben auch guttun«, stichelte Mercadante.

»Das üben wir noch«, versprach ich und fragte ihn, wann die Italiener denn endlich von den Schwaben das Sparen lernen würden.

»*Mit Sparen kann man viel Geld verdienen*«, konterte er. »Wissen Sie, von wem das Zitat stammt?«

»Etwa auch von Salomo?«

»Nein, von einem Italiener«, trumpfte Mercadante auf und berichtigte sich gleich, »einem Mann aus Italien jedenfalls. Marcus Tullius Cicero hat das einmal gesagt.«

Ich gab mich geschlagen. »Die Römer sind mit solchen Lebensweisheiten ja reich und mächtig geworden, vielleicht haben sie sogar den Schwaben das Sparen beigebracht, als sie über die Alpen gezogen sind?«

Die Zeit war wie im Fluge vergangen. Vor dem Schoppendorfer Bahnhof verabschiedeten wir uns wie zwei alte Freunde. Er rief ein Taxi, wollte mich mitnehmen und bei meinem Ziel absetzen, aber ich lehnte dankend ab, stellte mein Gepäck in ein Schließfach und machte mich lieber zu Fuß auf den Weg. Ich hatte noch eine knappe Stunde bis zum vereinbarten Treffen an der Baustelle, ließ mich durch Schoppendorf treiben und genoss an meinem ersten Urlaubstag den herrlichen Sommermorgen.

Die Sonne hatte sich vollständig durchgesetzt und flutete durch die Alleebäume, die den Uferweg am

Neckar säumten und das Licht in tausend Nuancen brachen. Auf der leicht bewegten Wasseroberfläche des träge dahinströmenden Flusses tanzten unzählige Sternchen aus hellem Sonnenlicht, eine Stimmung wie in einem Landschaftsbild von Claude Monet.

So ungefähr wusste ich den Weg zum ehemaligen Rangierbahnhofgelände. Nach einer Viertelstunde fragte ich auch mal nach und sah fünf vor elf die riesigen Kräne vor mir in den Himmel ragen, die mich vermuten ließen, dass ich die Großbaustelle wohl gefunden hatte. Als ich die letzten Häuser der Straße hinter mir hatte, lag sie direkt vor mir.

Das brachliegende Gelände mitten in der Stadt dehnte sich weit aus. In der Ferne grüßten im blauen Dunst die sanften Hügel des Bäringer Berglandes, ringsum floss der ständige Autoverkehr auf den Straßen, die das Terrain auf der einen Seite von der Innenstadt, auf der anderen von einem Industriegebiet abgrenzten. Im Westen reichte es bis zu den Neckarwiesen heran. Eine echte Herausforderung für Städteplaner, Landschaftsgärtner und Architekten! Da könnte wirklich ein ganzer Stadtteil entstehen, dachte ich mir – oder eben ein ausgedehnter Bürgerpark. An einer Ecke der offenen Fläche war mit den Bauarbeiten bereits begonnen worden. Dort reckten sich die Kräne über eine riesige Baugrube.

Ich dachte zurück an das Gespräch gestern Abend im »Tempus«. Rita hatte von einem Arbeitszelt gesprochen, das über dem Fundort der Leiche errichtet worden wäre. Dort wollte sie sich mit Ellwanger treffen, dem archäologiebesessenen Rentner. Und dort sollte ich sie eigentlich jetzt gerade begrüßen, bemerkte ich, als ich kurz auf meine Uhr schaute. Doch zuvor musste ich irgendwie über die Straße kommen. Bis zur nächsten Fußgängerampel war es mir zu weit. Nie werde ich begreifen, dass, je mehr Menschen zur Geschäftszeit nicht arbeiten, sondern in ihren Autos unterwegs sind, desto mehr die Wirtschaft brummt und Geld verdient wird!

In der Ferne hatte endlich eine Ampel auf Rot geschaltet und ich konnte den nachlassenden Strom einigermaßen sicher durchqueren. Glücklich auf dem anderen Ufer angelangt, streifte ich am Bauzaun entlang, ließ meine Augen unruhig umherwandern und es dauerte nicht lange, bis ich in nicht allzu weiter Ferne Ritas rotes Sportcabriolet entdeckte, das in der Sonne hell aufleuchtete. Da konnte sie nicht weit sein. Also dann mal los!

Sie war schon mit Ellwanger ins Gespräch vertieft, als ich eintrudelte, begrüßte mich flüchtig und stellte mich dem rüstigen Senior mit spiegelblanker Glatze über einem weißen Haarkranz als »Mann vom Fernsehen« vor. Ellwanger strahlte mich an und genoss sichtlich seine Wichtigkeit. Der untersetzte Endsechziger in blauer Latzhose über einem grün karierten Flanellhemd, dessen weiter, offener Kragen seinen gedrungenen, faltigen Hals nicht verdeckte, schüttelte mir ausgiebig die Hand, blickte mich aus kleinen glitzernden Augen unter buschigen hellgrauen Brauen treuherzig an und begann noch einmal ausführlich mit seiner Schilderung. Ich zückte meinen Notizblock und notierte mechanisch einige Fakten.

Kurz nach sechs sei er an diesem fraglichen Morgen mit seinem Detektor losgezogen. »Die Bauleiterin sieht mich hier nicht so gern«, erklärte er leutselig, »kommt aber erst so gegen halb zehn, deshalb muss ich früh anfangen.«

Er wechselte in den Schoppendorfer Dialekt: »Wisset Se, des isch a hochsensible G'schicht. Unter dene Halde do drüba und im Gelände außa rum«, er machte eine ausladende Armbewegung, die seinen Körper gleich ein Stück mitdrehen ließ, »do lieget massahaft remische Gegaschtänd.« Er wechselte wieder ins Hochdeutsche: »Sogar einen Aureus habe ich schon geborgen.«

Ich blickte ihn etwas ratlos an und Ellwanger erklärte diensteifrig: »Des isch a Goldmünz, die mit dem höchschta Wert bei de Remer. Hallo, Fritz!«

Er winkte einem steinalten, leicht gebeugt an uns vorbeischlurfenden Greis zu, mit langer weißer Mähne und ebenso langem Vollbart. Seine kräftige Hakennase stach aus seinem schmalen Gesicht und verlieh ihm etwas Raubvogelartiges. Auf dem Kopf trug er einen spitzen Hut aus hellgrauem Filz. Er schaute kurz zu uns rüber, winkte zurück und krächzte im Vorübergehen: »*Wo rohe Kräfte sinnlos walten …*«

Gandalf oder Miraculix, schoss es mir durch den Kopf.

Ellwanger schaute ihm vergnügt nach. »Des war der Friedrich Schiller, der heißt wirklich so, aber älle nenne ihn bloß da Alte Fritz. Der hat immer an Spruch drauf von seim groſsa Namensvetter. Wohnt glei dort drüba, in ama Gartaheisle in de Schrebergärta.«

Rita wurde ungeduldig. »Das können Sie uns doch alles später noch erzählen. Uns interessieren vor allem die Umstände, wie Sie auf die Leiche gestoßen sind.«

Etwas enttäuscht über ihren Einwurf setzte er neu an. »Also, ich stand da drüben, untersuchte gerade den Hang der Baugrube zur Straße hoch, halte die Sonde etwa auf Kniehöhe, direkt am unteren Abschnitt des Hangs, konzentriere mich ganz auf den Teller. Do muss mer genau aufpasse, dass mer koin Pieps überhert – i guck also meischtens nach onta …«

Rita trat von einem Fuß auf den anderen. Ellwanger bemerkte ihre Nervosität, wirkte verunsichert, riss sich aber sichtlich zusammen und fasste sich von nun an kurz, dass er, als er sich zum Fundament umgedreht hätte, etwa aus drei, vier Metern von Schaltafeln halb verdeckt diese Beine wahrgenommen hätte, sich das Bild zunächst nicht hätte erklären können, deshalb näher heranging und dann begriff, dass etwas Furchtbares geschehen sein musste. Sofort hätte er mit seinem Handy einen Notruf abgesetzt, sei auf dem schnellstmöglichen Weg aus der Baugrube geklettert und habe auf der Straße, direkt über dem Fundort auf die Polizei gewartet, die dann nach etwa einer halben Stunde auch eingetroffen sei.

Rita ließ sich von ihm den Weg hinunter in die Grube zeigen, wir folgten ihm mühsam über einige Schutthügel nach, überwanden mehrere Absperrungen und standen schließlich vor dem Arbeitszelt. Wenige Meter neben unserem Fußpfad mündete die breite Abfahrt für die Baufahrzeuge. Das hätten wir einfacher haben können.

Rita ging zur Giebelseite des Zeltes. Der Öffnungsschlitz war mit mehreren Riemen verschlossen. Wollte sie etwa hinein? Sie musste meinen erschrockenen Blick wahrgenommen haben, grinste mich einen Moment verschmitzt an, wandte sich aber gleich wieder dem Rentner zu.

»So, Herr Ellwanger, stellen Sie sich mal vor das Zelt … Nein, nicht in die Kamera lächeln, wir schießen ja keine Urlaubsfotos. Schauen Sie ernst und nachdenklich auf den verschlossenen Eingang. – Gut so! Jetzt nehmen sie mal die Zeltplane in die Hand, als wollten sie gerade reinschauen. – Noch näher – perfekt!«

Sie knipste ein paarmal von verschiedenen Seiten, sah auf die Uhr, hatte es plötzlich sehr eilig, bedankte sich kurz bei Ellwanger, winkte mir schnell noch zu: »Schau doch nachher mal in der Redaktion vorbei.« Dann zog sie los, ohne sich noch einmal umzudrehen.

Wir schauten ihr wegen ihres überstürzten Aufbruchs etwas überrascht nach.

»Sicher hat sie noch einen wichtigen Termin«, erklärte ich dem Rentner.

Ellwanger kratzte sich am Hinterkopf: »Wir sollten jetzt eigentlich schleunigst vom Beton runter. Der isch noch net ausgehärtet.«

Ich schaute auf meine Beine, hob erschreckt meinen rechten Fuß und war erleichtert, dass das noch so ohne Weiteres ging.

Ellwanger bemerkte meine Panik und lachte. »Nach ein paar Tagen isch der Beton dafür schon fescht gnug, aber offiziell dauert des Aushärta noch drei Wocha.«

Von oben blickte der Alte Fritz, alias Friedrich Schiller, neugierig auf uns herab. »*Festgemauert in der Erden …*«, zitierte er aus Schillers »Glocke«, dann kicherte er in sich hinein und krächzte zu uns hinunter: »*Festgemauert im Beton*, müsste es ja eigentlich heißen.« Er hob die Hand zum Gruß und schlurfte davon.

Ellwanger sah ihm nach und zuckte die Schultern. »So isch er halt«, lachte er.

»Jetzt müssen Sie mir aber noch von Ihrem großen

Hobby erzählen, der Schatzsuche mit ihrem Metallsuchgerät.«

Der Rentner zog eine seiner buschigen Augenbrauen hoch und wies mich ungnädig zurecht. »Hobby? Schatzsuche?«, rief er laut. »Ich bin ehrenamtlicher Mitarbeiter des Landesamtes für Denkmalpflege, da, schauen Sie mal!« Er zog einen etwas zerfledderten Ausweis aus der Tasche und hielt ihn mir unter die Nase.

Ehrfürchtig nahm ich das Dokument, sah es flüchtig durch, nickte anerkennend mit dem Kopf und meinte entschuldigend: »Dann sind Sie ja ein Profi, was archäologische Funde angeht. Haben Sie vorhin nicht erwähnt, dass Sie das Gelände mit einer Sonde nach römischen Relikten absuchen?«

Ellwanger schien leidlich versöhnt. »Was ich mit diesem Gerät schon alles gefunden habe, das können Sie sich gar nicht vorstellen. Natürlich bringe ich alles zunächst zum Amt, dort werden die Fundstücke fotografiert und registriert. Aber vieles kann ich dann behalten. Kommen Sie doch einmal bei mir vorbei, dann zeige ich Ihnen Sachen, da gehen Ihnen die Augen über. I wohn glei dort drüba, am andera End von der Bauschtell. Sehet Se dort des Bahnwärterhäusle?«

Ich schaute hinüber, nickte und bedankte mich herzlich. Morgen Nachmittag hätte ich Zeit, so gegen vier? »Also dann …« Da bemerkte ich, wie eine resolute Dame mit Bauhelm auf uns zustürzte.

Ellwanger schien sie auch gesehen zu haben. »Au weh, die Bauleiterin Claudia Moneta, jetzt gibt's Ärger.«

»Sie haben hier nichts zu suchen, das wissen Sie genau, verlassen Sie sofort die Baustelle«, bellte sie Ellwanger nach, der, ohne auf mich gewartet zu haben, schleunigst vor ihr aus der Grube flüchtete.

»Und was machen Sie hier?«, fragte sie mich unwirsch.

Ich stellte mich als Redakteur vom Südwestrundfunk vor, was sie aber eher noch mehr erboste.

Sie stemmte die Ellbogen in die Hüften, blitzte mich an und geiferte: »Sie stehen hier auf Privatgrund, noch dazu in einem abgesperrten Gefahrenbereich, und was noch viel schlimmer ist, Sie stören polizeiliche Ermittlungen, wenn Sie hier herumtrampeln und Spuren vernichten. Das ist beides strafbar und das gilt auch für Presseleute. Wenn Sie nicht umgehend die Baustelle verlassen, rufe ich die Polizei.«

Meine Beschwichtigungsversuche liefen ins Leere. Mir blieb nichts anderes übrig, als wie Ellwanger mit zerknirschter Miene abzuziehen.

Als ich oben war, orientierte ich mich kurz. Dort drüben, auf der anderen Seite des alten Rangierbahnhofs, kam mir eine der Kreuzungen bekannt vor. Da ging's ins Zentrum. Ich könnte meinen Weg zum Bahnhof um ein gutes Stück abkürzen, wenn ich nicht am Neckar entlang, sondern durch die Innenstadt ging. Dafür musste ich jetzt ein paar Hundert Meter um das Gelände herumgehen.

Ich hatte vielleicht die halbe Strecke hinter mir, als ich eine Stimme hörte. Galt sie mir?

»Hey, Alter, haste mal 'nen Euro«, grölte ein Junge von vielleicht 16 Jahren mit violetten Haaren zu mir herüber. Er saß mit einigen seiner Kumpels auf einer Rampe eines ehemaligen Lagerschuppens. Ich schaute kurz zu ihnen rüber und sie schwenkten ihre Bierflaschen.

»Euch auch einen schönen Tag!«, rief ich hinüber.

»Scheißknacker, verpiss dich!«, brüllte mir einer nach. Johlendes Gelächter.

Am Ende des Schuppens sah ich die Wand mit Graffiti besprüht: *Jugendklub Abstellgleis.*

Bald hatte ich die Kaiserallee gefunden, die mich bis zum Marktplatz begleitete, die ehrwürdige Michaelskirche begrüßte mich im Vorbeigehen und kurz danach überquerte ich auf der Theodor-Heuss-Brücke den Neckar. Durch die Bahnhofsvorstadt war es nur noch ein kurzes Stück zum Hauptbahnhof.

Ich holte mein Gepäck aus dem Schließfach, winkte ein Taxi heran und wenige Minuten später stand ich vor dem idyllischen Häuschen von Frau Eisele in der Parkstraße. Durch ihren Vorgarten führte der mir wohlbekannte Kiesweg auf die Haustüre zu, rechts und links gesäumt von Rosenbeeten. Alles war noch so, wie ich es letztes Jahr verlassen hatte. Eine

Parade von Gartenzwergen begrüßte mich wieder und ich musste nicht lange suchen, bis ich Sauters Spitzenmodell entdeckt hatte – mein Abschiedsgeschenk, damals, für Frau Eisele: Sie stand unter den Rosen und winkte mir lächelnd zu. Unwillkürlich musste ich lachen. Der Spezialtöpfer für Politgartenzwerge aus Bäringen hatte Frau Merkel wirklich perfekt getroffen.

»Ja, da sind sie ja endlich«, begrüßte mich Frau Eisele, »kommet Se rai, grad hab i 's Mittagessa fertig. G'schmelzte Maultascha – selber g'macht – mit Röschtzwiebel und Kartoffelsalat.«

Ich wollte ihr doch keine Umstände machen, versicherte ich, könnte nachher auf dem Weg in die Redaktion noch eine Kleinigkeit essen.

»A wa, Umschtänd!«

Sie gab mir deutlich zu verstehen: Wenn ich ihre Einladung ausschlüge, wäre sie mir für immer persönlich beleidigt. Das durfte ich freilich nicht riskieren. Während des Essens erzählte ich ihr von meiner Arbeit beim SWR und Frau Eisele hörte mir andächtig zu.

»I hab au Ihrn Bericht über des neie Bauprojekt bei uns in Schoppendorf in der Landesschau g'seha«, unterbrach sie mich schließlich. »Also, wenn Sie mi fraget, des isch a Schweinerei. Alle Schoppendorfer und sogar die Stadtverwaltung sind dagega und trotzdem soll's baut werda. Des geht doch net! Und jetzt die Sach' mit der Leich', fürchterlich!«

Sie schüttelte sich. Dann zog sie vom Leder, schimpfte auf die Baufirmen, die alle Straßen aufrissen und keine Ruhe gäben, überall Bauzäune errichteten und Löcher gruben und hörte erst auf, als sie laut klappernd mit dem Abräumen des Geschirrs begonnen hatte.

»Ich sollte noch in der Redaktion des ›Schoppendorfer Echos‹ vorbeischauen«, verabschiedete ich mich bald, vertröstete sie auf die kommenden Tage, an denen wir uns sicher noch öfter unterhalten könnten.

Sie putzte sich ihre nassen Hände an der Schürze ab und strahlte mich an: »Ha freilich, die frühere Kollega, gell? Also, wenn Se wellet, kennet Se au wieder des Fahrrad von mei'm Sohn benutza, der kommt erscht in a paar Wocha aus Amerika z'rück.«

Ihr Angebot nahm ich begeistert an.

Wenige Minuten später stellte ich das Fahrrad von Eisele junior vor dem Redaktionsgebäude in der Robert-Bosch-Straße ab und kettete es an einen Laternenpfahl. Während ich mich mit dem Fahrradschlüssel zu dem Stahlschloss hinunterbeugte, hupte es laut. Ich fuhr auf und drehte mich um. In der Einfahrt zu den Firmenparkplätzen im Hinterhof blieb ein schwarzer Geländewagen stehen, aus dem mir Nora Martini, die graue Eminenz des »Schoppendorfer Echos«, fröhlich zuwinkte. Die weißhaarige, elegante Dame ging schon auf die 80 zu, wirkte sportlich und sehr vital und zog immer noch die Fäden in der Redaktion, obwohl sie sich offiziell längst im Ruhestand befand.

»Rita hat dich schon angekündigt«, rief sie mir aus dem offenen Seitenfenster zu, »komm, steig ein, dann gehen wir nachher gemeinsam rein.«

Ich zögerte etwas, betrachtete kritisch das Wageninnere. Hatte sie ihre Dogge dabei?

Sie schien meinen skeptischen Blick richtig zu deuten und beruhigte mich. »Bismarck hütet das Haus.«

Gelenkig beugte sie sich über den Beifahrersitz und öffnete mir die Seitentür. Kaum hatte ich die Wagentür ihres Landrovers geschlossen, brauste sie los, fuhr mit Karacho über den Hinterhof und rangierte ihren Wagen geschickt in eine Parklücke unter dem Schild »Geschäftsleitung«.

Auf dem Weg ins Gebäude sprach sie mich gleich auf den Schoppendorfer Baustreit an. »Aber diesmal steht das ›Echo‹ auf der richtigen Seite«, betonte sie mit einem spöttischen Blick und erinnerte mich damit an meine Zeit als Lokalredakteur, als ich mich geweigert hatte, die Erwartungen des Chefredakteurs bei der Berichterstattung über den Bäringer Schulskandal zu erfüllen und im hohen Bogen hinausgeflogen war.

»Rita hat ihre Mitarbeiter jetzt besser im Griff«, setzte sie ihren Spott fort. »Aber Spaß beiseite, deine Artikel fehlen mir, wirklich. Dieser Neue, den sie jetzt unter der Fuchtel hat, ist eine echte Herausforderung für sie.«

»Wie meinst du das?«

»Du wirst ihn sicher bald kennenlernen«, wich sie mir aus und wechselte das Thema. »Liest du noch immer fleißig Aphorismen?«, fragte sie dann – und nach einer kurzen Pause folgte die Prüfung: »*Wo viel Geld ist, geht immer ein Gespenst um*«. Sie sah mich neugierig von der Seite an.

Ich nahm die Herausforderung an. Selbstbewusst gab ich »Theodor Fontane« zur Antwort, obwohl ich keinen Schimmer hatte.

Nora blieb kurz stehen, klatschte Beifall und rief aus: »Der Kandidat hat 100 Punkte! Aber im Ernst: Da läuft was gehörig schief. Stadtplanung gehört in die Hände der Bürger einer Stadt und sollte nicht zur Gewinnmaximierung missbraucht werden.«

»Und was hältst du von der Leiche in der Baugrube?«

Sie winkte ab. »Ein grausiges Verbrechen, sicher, aber es lenkt vom eigentlichen Skandal ab. Das sollten wir nicht miteinander verwechseln.«

Ich bohrte weiter: »Siehst du einen Zusammenhang zwischen dem Mord und dem Streit um das Rangierbahnhofprojekt?«

Sie zuckte die Achseln: »Auszuschließen ist nichts, aber ich glaube kaum, dass das miteinander zusammenhängt. Das sind zweierlei Ebenen. Mir gefällt das Hin- und Her-Taktieren der Stadt nicht. Einmal will sich der OB profilieren und spricht generös von einem Bürgerpark, den er den Schoppendorfern schenken will, dann heißt es, man müsse sparen, die Zuschüsse fehlten und dann lässt er sich von diesem Planungskonsortium bei den Verkaufsverhandlungen überbieten und spielt den Unschuldigen.«

Inzwischen hatten wir den Hintereingang erreicht, ich eilte voraus und hielt ihr die Tür auf. Ich erzählte ihr von unserem Besuch an der Baugrube, von dem archäologiebesessenen Ellwanger und dem kauzigen Friedrich Schiller.

Nora wurde neugierig. »Die beiden schrägen Typen könnten mich auch interessieren. Merkwürdig, dass ich von ihnen noch nichts gehört habe.«

Da kam uns im Foyer Rita Delbosco entgegen und Nora verabschiedete sich rasch. »Ich lass euch beide mal allein, aber ihr müsst mir unbedingt Bescheid geben, wenn ihr was Neues herausgefunden habt!«

Sie erreichte gerade noch den Aufzug nach oben und winkte Rita aus der sich schließenden Tür zu.

Auf dem Weg in ihr Büro begegnete uns Susanne Friedle, Kollegin und Freundin von Rita. Sie hob kurz die Hand, »Hi, Nils«, hauchte sie, würdigte Rita keines Blickes und schwebte davon.

»Was hat sie denn?«, fragte ich erschrocken.

»Wir haben uns getrennt«, murmelte Rita mit einem Hauch von Wehmut. »Sie war zuletzt recht unzuverlässig. Jetzt ist sie auf dem Esoterik-Trip und lebt in einer gemischten Wohngemeinschaft.«

Nachdem sie die Tür hinter uns geschlossen hatte, ließ sie sich in ihren Schwingsessel fallen, der unter ihrem beachtlichen Gewicht ächzend nachgab, und bot mir mit einer fahrigen Handbewegung Platz an. Während sie in ihrem Ablagekorb suchte, runzelte sie die Stirn unter ihrer roten Lockenmähne. »Heute Morgen ist mein Artikel erschienen und kurz vor zwölf hatte ich diesen Brief auf dem Rechner, als PDF-Anhang einer kurzen Mitteilung, dass der Brief zeitgleich an den Verleger des ›Schoppendorfer Echos‹ ginge.«

Sie schob mir ein Schriftstück über den Tisch. »Happobau Stuttgart« – Das Logo zeigte vier Kräne um ein stilisiertes Gebäude. Darunter ein Schreiben, in dem die Verfasserin des Artikels wegen ihrer verantwortungslosen Berichterstattung scharf angegriffen wurde. Die Auslassungen gipfelten in der Drohung, bei etwa folgenden ähnlich gearteten Artikeln Anzeige wegen Rufschädigung zu erstatten. Die Unterschrift war unleserlich.

»Ich hab gleich nachgeforscht. ›Happobau‹ ist ein Kürzel für den Bauunternehmer Hans Paul Pohl. Die ›Happobau‹ ist mit dem Rangierbahnhof-Projekt beauftragt. Nach langem Hin und Her hat sie den Zuschlag bekommen. Bis zum Schluss war eine andere Stuttgarter Baufirma im Spiel, die ›Moneta KG‹.«

Den Namen hatte ich doch schon mal gehört, überlegte ich in Sekundenschnelle, doch Rita redete weiter: »Ich hab gleich mit dem Chef gesprochen, der steht voll hinter mir. Er hat mir sogar dazu geraten, die Sache in meinem nächsten Artikel brühwarm an die Öffentlichkeit zu bringen. So geht man nicht mit Pressevertretern um!«

Ich berichtete ihr vom Auftreten der Bauleiterin heute Morgen, kurz nachdem sie gegangen war, und ihrem aggressiven Ton gegenüber Ellwanger und mir.

»Die werden nervös und beginnen wild um sich zu schlagen«, brauste Rita auf, »bloß weil die Bauarbeiten ein paar Tage unterbrochen sind.« Sie nahm den Brief und warf ihn entnervt zurück auf ihre Ablage. »Morgen früh schau ich mir den Laden in Stuttgart mal an. Kommst du mit?«

MITTWOCHVORMITTAG 23.9.

»Happobau« hatte sein Betriebsgelände in Stuttgart-Feuerbach, in der Nähe von Bosch. Rita wollte mich so gegen acht in der Parkstraße abholen. Ich war mit Frau Eisele gerade dabei, das Frühstücksgeschirr abzuspülen und Frau Eisele sah etwas skeptisch aus dem Küchenfenster, als Rita draußen zweimal laut und vernehmlich hupte.

»Ich glaube, das gilt mir«, sagte ich entschuldigend, hängte das Geschirrtuch, mit dem ich gerade die letzten Gläser abgetrocknet hatte, an den Haken und entließ mich.

Die Luft roch nach Regen und als ich beim Auto war, fielen die ersten Tropfen. Ich zwängte mich auf den Beifahrersitz und Rita schaute mir dabei belustigt zu. Ihr rotes Alfa-Romeo-Sportcabrio aus den 80er-Jahren war nichts für Leute größer als eins achtzig.

Sie fuhr Schleichwege und Abkürzungen, um dem morgendlichen Berufsverkehr, der in die Landeshauptstadt hineinströmte, irgendwie auszuweichen. Ein Navi wäre für diese flexible Strategie sinnlos gewesen, aber sie hatte ja eh keins, dafür einen zerfledderten Stadtplan von Stuttgart, den sie an einer roten Ampel bei Stuttgart-Weilimdorf aus dem Handschuhfach kramte und mir bei Grün schnell zuwarf.

»Schau mal nach der Grazer Straße. Dort in der Gegend können wir einen Parkplatz suchen. Den Rest gehen wir dann zu Fuß.«

So gut es der rege Verkehr zuließ, versuchte ich sie zu lotsen, aber Rita dachte nicht daran, sich an meine Anweisungen zu halten. Wusste sie etwa den Weg? Weshalb dann diese Spielchen?

Als ich ärgerlich den Plan zusammenklappte, meinte sie nur: »Theorie und Praxis sind zwei verschiedene Paar Stiefel. Im Zweifelsfall muss ich mich halt auf meinen Riecher verlassen. Siehst du da vorn? Bosch!« Sie triumphierte.

Die Straßenränder waren dicht gesäumt von parkenden Autos. »Wir finden gleich was«, gurrte sie und bog in eine Seitenstraße ein.

»Einbahnstraße!«, protestierte ich und drückte instinktiv den rechten Fuß auf die Stelle im Fahrzeugboden, wo auf der Fahrerseite das Bremspedal war. »Wir fahren in die Gegenrichtung!«

»Da vorn, die Lücke!«, antwortete sie gelassen und setzte ihren Wagen in raschem Schwung, quer zum Gehsteig, in den schmalen Abstand zwischen zwei Lieferwagen.

»Willst du etwa so stehen bleiben?«

Sie schaute mich verächtlich an, würdigte mich

keiner Antwort und begann zu rangieren, bis sie tatsächlich ihren Alfa drin hatte. Vorne 20, hinten zehn Zentimeter.

»Wenn das mal gut geht. Der blaue Kastenwagen wird Schwierigkeiten beim Ausparken kriegen.«

»Nicht mein Problem, außerdem sind wir sicher vorher wieder da.«

Mit erstaunlicher Gewandtheit schlüpfte sie aus dem Wagen, während ich erst meine Beine sortieren musste. Kurzer Blick in die Umgebung, dann klappte sie ihren Faltplan auseinander, schaute nach dem Straßenschild, vertiefte sich einen Augenblick in zwei lose zusammenhängende Blätter und nickte zufrieden. »Da vorne links, dann noch mal links und gleich wieder rechts.«

Sie zog los. Ich versuchte Schritt zu halten und nach zweimal Umkehren standen wir vor einem Betriebsgelände, einem großen geschotterten und eingezäunten Platz mit einigen Baufahrzeugen und einstöckigen Lagerschuppen, eingerahmt von vier vollgeparkten Straßen. Auf der anderen Seite des Platzes, schräg gegenüber, erhob sich ein modernes Bürogebäude, auf dem von hinten in Spiegelschrift blaue Leuchtbuchstaben zu sehen waren, die ich mühsam zu entziffern suchte.

Rita war schneller. »›Happobau‹ – da müssen wir hin!« Sie zeigte mit ausgestrecktem Arm auf den dreistöckigen Block.

Der Eingang lag etwas erhöht, über eine breite Freitreppe zu erreichen. Im Entrée eine geschwungene Informationstheke, an den Wänden dahinter riesige Aufnahmen von verschiedenen Großbaustellen. – Überall deutlich zu lesen in blauen Schriftzügen: »Happobau«. Die bis zum hellen Marmorboden reichenden Fenster ließen den Blick frei auf das Firmengelände schweifen. Von der Decke hingen an silbernen Stangen Glaskugeln als Beleuchtungskörper, an der Wand, dem Eingang gegenüber, plätscherte Wasser über roten Porphyr in ein lang gezogenes Becken, daneben führte eine offene Treppe mit Glasstufen um einen ebenfalls gläsernen Liftschacht herum nach oben.

Das Mädchen hinter der Theke bedauerte. »Im Moment ist niemand von der Geschäftsleitung da. Haben Sie denn einen Termin?«

In diesem Augenblick öffnete sich die Tür des Lifts und heraus trat mit Grandezza Silvio Mercadante, der mich gleich mit ausgestreckten Armen freudig begrüßte. »Signore Niklas, schön Sie zu sehen.«

Er schien nicht einmal überrascht, dass ich hier auftauchte.

Er blickte zu Rita und ich stellte sie als Kollegin vor. Dass sie die Verfasserin des Zeitungsartikels über das Schoppendorfer Bauprojekt war, erwähnte ich lieber nicht.

Mercadante begrüßte sie zuvorkommend »Welch charmante Begleitung, reizend, wirklich ganz reizend.« Er nahm ihre Hand, verneigte sich, doch bevor er zu einem vollendeten Handkuss ansetzen konnte, zog Rita zurück, sodass seine Rechte für einen Augenblick etwas merkwürdig in der Luft hing.

»Wir wollten eigentlich jemanden von der Geschäftsleitung sprechen, aber da haben wir heute wohl Pech«, sagte ich.

Mercadante zog überrascht die Augenbrauen hoch, blickte kurz zum Empfang, dann breitete er lachend die Hände aus und antwortete: »Vielleicht darf ich Ihnen ja weiterhelfen? Gerne stehe ich Ihnen als Gesprächspartner zur Verfügung. Kommen Sie!«

Er wies auf eine Sitzecke mit schwarzen Ledersesseln um einen niederen Glastisch, umrahmt von stereotypen Grünpflanzen in fahrbaren weißen Pflanzkästen mit Lavasteinen. Wir nahmen Platz.

»Darf ich Ihnen einen Kaffee anbieten?«

Als er unser zustimmendes Nicken wahrgenommen hatte, schnippte er, ohne sich umzublicken, mit dem Finger seiner erhobenen rechten Hand und sofort schwebte das Mädchen von der Empfangstheke herüber und nahm seine Bestellung entgegen. Es dauerte auch nicht lange und schon standen drei dampfende Tassen vor uns.

Mercadante schlug seine langen Beine übereinander und fragte in vertraulichem Ton: Was führt Sie denn zu uns? Fragen Sie ruhig, was Sie auf dem Herzen haben. Soweit es mir möglich ist, wäre es mir eine Freude, Ihnen mit meinem bescheidenen Wissen weiterzuhelfen. Nur zu!«

Ich fühlte mich von seinem sprudelnden Gesprächsauftakt etwas überrumpelt. Er schien es zu bemerken und versuchte, mir eine Brücke zu bauen. »Wie ich Ihnen gestern schon gesagt habe, ich habe geschäftlich mit der Firma zu tun, besonders wenn es um Finanzierungsfragen geht.«

Ich blickte zu Rita, sollte ich das Gespräch in die Hand nehmen? Sie nickte mir zu und gab mir mit einer kurzen, aber eindeutigen Handbewegung zu verstehen, dass sie sich – so wie sich das Gespräch zu Beginn gestaltet hatte – lieber zurückhalten wollte. Sie hatte ihren Notizblock ausgepackt und begann Stichworte mitzuschreiben. Okay, also die klassische Rollenverteilung, dachte ich mir und legte mir Worte zurecht, mit denen ich unser Gespräch eröffnen wollte.

»Wie Sie vermutlich ahnen, interessiert uns das Bauprojekt der ›Happobau‹ in Schoppendorf«, begann ich zögernd, »und natürlich vor allem, wie die Firma auf die jüngst eingetreten Ereignisse reagieren will.«

»Sie meinen den Leichenfund.« Mercadante nickte lächelnd, fast ein bisschen mitleidig, lehnte sich in seinem Sessel zurück und faltete die Hände. »Das schlägt hohe Wellen in Schoppendorf, verständlich, und trägt wohl nicht dazu bei, die angeheizte Stimmung zu besänftigen.«

Er löste seine Hände und drehte die beiden Handflächen nach oben, um damit seine Argumentation, die er seinen einleitenden Worten nun folgen ließ, zu unterstreichen. »Sehen Sie, die Leiche wird heute oder spätestens morgen geborgen sein. Die Polizei und das Regierungspräsidium werden dann keinen Grund mehr für eine Fortsetzung des Baustopps sehen. Und seien Sie versichert, es wird nicht lange dauern, dann ist Gras über die ganze Sache gewachsen.«

»In diesem Fall wohl eher Beton«, korrigierte ich ihn.

Er schmunzelte, dann erklärte er in betont sachlichem Ton: »Unsere Zeit ist sehr schnelllebig. Eine Sensation löst die andere ab. Selbst dieser außergewöhnliche Fall ist bald eine Nachricht von gestern, welche die Leute nicht mehr interessieren wird. Ich habe Ihnen schon auf unserer gemeinsamen Fahrt mit der Bahn nach Schoppendorf deutlich gemacht, dass keine Baufirma der Welt sich leisten kann, ein so großes Projekt tagelang einfach liegen zu lassen, wir auch nicht.«

Seine letzten Worte ließen mich aufhorchen. Ich blickte erstaunt zu Rita, sie schüttelte nur kaum merklich den Kopf und gab mir mit einer kurzen Handbewegung zu verstehen, dass ich das Gespräch weiterführen sollte.

Mir fiel unser Treffen mit Ellwanger ein, seine These, auf dem Gelände seien römische Funde zu vermuten. Mutig wagte ich mich vor: »Sie wissen, dass das Landesamt für Denkmalpflege prüft, ob auf dem Gelände nicht eine Notgrabung durchgeführt werden sollte?« Ich hatte keine Ahnung, wie weit Ellwanger mit seiner Forderung bei der Behörde bereits vorgedrungen war, aber ich wollte Mercadante, der so selbstsicher, fast ein bisschen arrogant auftrat, irgendwie aus der Reserve locken.

Er schien tatsächlich etwas aus der Fassung zu geraten, verzog seine Miene und winkte ab: »Ach, lassen Sie mich doch mit diesem Zirkus in Frieden.« Doch schnell hatte er sich wieder im Griff, lachte, als ob er eben einen Scherz gemacht hätte und fügte mit ausgesuchter Freundlichkeit hinzu: »Natürlich haben wir mit den Behörden im Vorfeld der Planung auch darüber gesprochen und – das möchte ich betonen – von ihnen grünes Licht erhalten. Wenn Sie darüber Genaueres erfahren wollen, kann ich Ihnen einen guten Tipp geben. Rufen Sie doch direkt beim Landesamt für Denkmalpflege in Esslingen an, warten Sie.«

Er zog eine Visitenkarte aus seiner Jackentasche und notierte auf der Rückseite zwei Telefonnummern. »Unter der ersten Nummer erreichen Sie die zuständige Sachbearbeiterin beim Landesamt für Denkmalpflege, unter der zweiten die Baubehörde im Regierungspräsidium. Sie können sich gerne auf mich berufen, ich kenne die Leute dort recht gut.« Er breitete wieder seine Hände aus. »Sie werden sehen:

Es läuft alles nach Vorschrift, wir jedenfalls haben das Landesamt für Denkmalpflege frühzeitig kontaktiert und in Schoppendorf wird alles wie geplant weitergehen. Glauben Sie mir.«

Hastig blickte er auf die Uhr, erhob sich und meinte bedauernd: »Tut mir Leid, dass ich mich nicht weiter mit Ihnen unterhalten kann, aber die Termine – Sie verstehen.« Er verneigte sich kurz vor Rita, schüttelte mir die Hand und sagte: »Es war ein sehr angenehmes Gespräch. Schauen Sie doch wieder einmal bei uns vorbei. Und grüßen Sie mir Herrn Ellwanger!« Dann verließ er mit langen Schritten das Bürogebäude.

Ich wollte gerade zu einem klärenden Gespräch mit Rita ansetzen, da winkte sie ab, packte Ihre Handtasche und erhob sich. »Nicht hier«, sagte sie leise.

Als wir auf der Straße waren, erklärte sie: »Hast du die Kamera nicht gesehen, gleich neben dem Rauchmelder an der Decke?«

»Du meinst …?«

»In dieser Branche geht es um hohe Millionenbeträge. Da wird genau aufgepasst, nichts dem Zufall überlassen. Videoüberwachung – vorgeblich wohl aus Sicherheitsgründen. Aber ich wette, unser Gespräch wurde aufgezeichnet. Und ich bin mir sicher, dieser Mercadante steckt tiefer in der Firma drin, als er zugeben will.«

Sie redete sich in Rage: »Anwalt der Gläubigerbank – dass ich nicht lache. Hast du gesehen, wie die Kleine gesprungen ist, als er mit dem Finger geschnippt hat? Der wusste auch genau, welche ›Kollegin‹ du mitgebracht hast als ›charmante Begleitung‹. Phhh, der arrogante Macho. Der weiß doch, dass der Artikel, über den er sich gestern bei dir im Zug so aufgeregt hat, von mir stammt. Und ich kann mir gut vorstellen, dass er mir auch diese Mail geschrieben hat, wenigstens wusste er davon!«

»Hast du die kurze Bemerkung mitgekriegt, als er von ›wir‹ gesprochen hat und die Baufirma meinte?«, fragte ich.

»Eben!«, schimpfte Rita. »Dieser geschniegelte Schleimer! Aber das kriegen wir schon noch raus. Im Handelsregister steht zwar Hans Paul Pohl als alleiniger Geschäftsinhaber, jedoch nicht, wie viel von seinem Geschäft ihm tatsächlich noch gehört!«

Als wir in Ritas Wagen einstiegen, fiel mir Mercadantes Schlussbemerkung wieder ein. »Wieso kennt der Ellwanger?«

Rita schaute in den Rückspiegel.

»Die zehn Zentimeter bis zu seiner vorderen Stoßstange siehst du nicht«, meinte ich lakonisch.

Sie lachte nur und ordnete sich ihre Haare. Dann legte sie den Rückwärtsgang ein und fuhr langsam – ohne in den Rückspiegel zu blicken – zurück, bis ein kurzer Ruck klarmachte, dass es jetzt nicht mehr weiterging. Dann kurbelte sie im Stand das Lenkrad bis zum Anschlag und fuhr ebenso langsam vorwärts. Nach drei Anläufen war sie aus der Parklücke.

»Das ist allerdings merkwürdig.«

Ich schaute sie fragend an.

»Die Bauleiterin!«, sagte Rita und nickte zur Bestätigung. »Sie wird ihm von Ellwangers Besuchen in der Baugrube berichtet haben und nicht nur beiläufig. Immerhin hat er sich seinen Namen merken können. Das bestätigt unsere Annahme. Er ist eben nicht nur der Anwalt der Gläubigerbank!«

»Ich treffe mich nachher mit Ellwanger, so gegen 16.00 Uhr in seinem Häuschen gleich bei der Großbaustelle. Hättest du Zeit?«

Sie nickte. »Das lässt sich einrichten. Kurz vor vier bei der Leiche?«

MITTWOCHNACHMITTAG 23.9.

Dreiviertel vier stieg ich beim Rangierbahnhofgelände vom Rad und schloss es an einem Baum am Straßenrand an. Ich hatte mich entschieden, die etwas längere Strecke am Neckar entlang zu fahren und erreichte über einen schönen Radweg durch die Neckarwiesen das Baugebiet. Was war denn das für ein Auflauf? Eine Menschenmenge drängte sich vor dem Bauzaun. Aus der Tiefe der Baugrube erklang Hundegebell.

Ich schob mich nach vorne und sah sofort, was los war. Unten stand ein Tieflader, um den sich ein paar blau uniformierte Polizisten scharten. Das Arbeitszelt war abgebaut. Zwei Männer mit Bauhelmen und Gehörschutz hatten gerade aus dem Fundament mit Bohrhämmern den ominösen Betonblock herausgeholt und befestigten nun ein Drahtseil an zwei Schlaufen. Mit dem Kran sollte die einbetonierte Leiche auf die Ladefläche des Baulasters schweben. Eine Plane verdeckte die Beine.

Etwas abseits verhandelte Rita mit einer Polizeibeamtin. Sie hatte ihren Rauhaardackel an der

Leine, der schwanzwedelnd zu der Polizistin hochsah. Die Ordnungshüterin beugte sich zu ihm hinunter, kraulte seinen Nacken, redete zuerst auf den Hund, anschließend auf Rita ein. Dann nahm sie Rita behutsam, aber entschlossen am Arm und führte sie aus der Baugrube. Ritas Dackel strebte brav vorneweg, an angespannter Leine, als wolle er Frauchen nach oben ziehen. Ein paar Leute am Zaun lachten.

Ich ging den beiden entgegen, die Polizistin war an der Zufahrt für die Baufahrzeuge zurückgeblieben, die durch ein weiß-rotes Band abgesperrt war, und blickte zu uns hoch, als ob sie damit ausdrücken wollte, jede neuerliche Grenzverletzung unsererseits gnadenlos zu unterbinden.

»Ein paar Fotos konnte ich noch machen«, sagte Rita leise. »Wenn Brunhilde nicht losgekläfft hätte, wäre ich noch näher rangekommen.«

»Warum hast du sie denn überhaupt mitgebracht?«

Sie lächelte mich weise an. »Brunhildes Charme wirkt auf die Leute. Das hast du doch eben selbst gesehen. Selbst wenn man sich am Rande der Legalität bewegt, werden die Ordnungshüter milde gestimmt.«

Ich zeigte auf eine grüne Insel im Brachland, drüben am Rande des Geländes, wo Ellwanger wohnte, und wir machten uns mit der Dackeldame auf den Weg.

Ellwangers Anwesen hob sich von seiner Umgebung ab. Das kleine Gebäude aus lehmgelben Backsteinen sah aus wie aus dem Spielwarenkatalog. Es erinnerte mich an die Modellhäuschen für Eisenbahnanlagen, die ich als Kind mit meinem Vater zusammengeklebt hatte. Es stammte wohl aus dem Ende des 19. Jahrhunderts, als auch bei solchen einfachen Zweckbauten noch Wert auf Qualität und schmuckes Aussehen gelegt wurde.

Die Fenster waren mit Pilastern aus grauem Sandstein eingefasst, die Holzverkleidung am Dachstuhl zeigte geschwungen gesägte Ornamente und die Deckbretter im Giebelbereich liefen in Tropfenform aus. Alles war sorgsam hergerichtet, die Verschalung unter dem Dachtrauf frisch mit hellgrauer Ölfarbe gestrichen, ebenso die Zierbretter am Giebel. Dazu das Dach mit roten Biberschwänzen eingedeckt – ein Schmuckstück.

Das schmale Häuschen besaß zwei Stockwerke, ein leicht erhöhtes Erdgeschoss auf einem Sandsteinsockel, der eine Unterkellerung andeutete, und einen Dachstock, dessen rechte Seite sich zu einem abgeschleppten Dach fortsetzte, das einen mit Brettern verschalten kleinen Anbau überdeckte. Auf der linken Seite, etwas abseits gelegen, begrenzte ein geräumiger Schuppen das Anwesen, sodass sich zwischen diesem und dem Wohnhaus ein kleiner Hof ausdehnte, der auch als Parkplatz benutzt werden konnte. Jedenfalls stand hier ein altertümlicher VW-Bus, der mir seltsam bekannt vorkam.

Als wir den Hof betraten, fiel der Blick auf einen ausgedehnten, wohl bestellten Rosengarten, der noch in üppiger Blüte stand und sich hinter Schuppen und Gebäude hinzog. Über der Eingangstür prangte ein Holzschild mit einer lateinischen Inschrift.

»*Si hortum cum bibliotheca habes, deerit nihil*«, las Rita stockend vor.

Ich kramte mein Schullatein zusammen und versuchte zu übersetzen: »Wenn du einen Garten mit einer Bibliothek hast, wird es dir an nichts mangeln.«

Hinter uns erklang eine tiefe Bassstimme: »Der Spruch stammt von Cicero. Latein ist die späte Rache der Römer an den Germanen.«

Ich fuhr herum. Hinter dem VW-Bus kam ein verwegener Typ mit langen weißen Haaren und einem imposanten, ebenso weißen Vollbart hervor. Er trug verwaschene Jeans. Über den beachtlichen Bauch spannte sich ein schwarzes T-Shirt mit großem, weißem Aufdruck: *Lieber viele Schulden als gar kein Geld.*

»Das haben Sie gut übersetzt, Herr Niklas«, sprach er mich an.

»Mein Gott, der Engel!«, rief ich aus und lachte ihm fröhlich zu. »Rita Delbosco vom ›Echo‹ brauche ich Ihnen wohl nicht vorzustellen.«

Der Alte wiegte seinen Kopf und begrüßte Rita mit Handschlag. »Ihr Ruf eilt Ihnen voraus, Gnädigste. Hatte ja schon mal mit Ihnen zu tun. Sie erinnern sich sicher, die Schnapsleiche. Nicht jeder kann von sich sagen, eine wichtige Rolle in einem Artikel von Rita Delbosco gespielt zu haben.«

Rita lächelte geschmeichelt und zog Brunhilde an der Leine zurück, die Engel ausgiebig zu beschnüffeln begann. »Ist ja noch mal gut ausgegangen, Herr Engel. Sie hatten, als sie letztes Jahr aus dem Schoppendorfer Krankenhaus türmten, aber auch für gehöriges Aufsehen gesorgt!«

»*Dem Philosoph ist nichts zu doof.* Sie wollen zu Herrn Ellwanger?«, fragte Engel, ohne weiter auf die alte Geschichte einzugehen. »Sie haben Glück, ja, er ist da.« Er hob die Hand zum Abschied, öffnete die Fahrertür, schwang sich in beachtlicher Behändigkeit auf den Sitz und knatterte los.

Heinz Engel, den Aussteiger, hatte ich letztes Jahr in Bäringen kennengelernt. Früher erfolgreicher Unternehmer, hatte er alles an den Nagel gehängt und bummelte mit seinem uralten VW-Bus durch die Lande, hatte aber auch noch ein kleines Häuschen in Stuttgart, oben am Kräherwald, fast vollständig eingewachsen in einem verwunschenen Garten, wo ich ihn vor Monaten einmal besucht hatte.

Ellwanger erwartete uns schon an der Haustür. »Sie kennet Herrn Engel?«

»Den fahrenden Philosophen, wie er sich gerne nennt?«, fragte ich zurück, »ist er jetzt bei der Schuldnerberatung eingestiegen?«

Ellwanger stutzte, dann lachte er. »Wega seim T-Shirt? Wenn Sie Engel wirklich kennet, wisset Se au von seim Faible für dumme Sprüch. Aber kommet Se doch rei.«

»Darf sie mit?«, Rita kraulte Brunhilde im Nacken. Der Rauhaardackel schaute treuherzig zu Ellwanger hoch.

Fast akzentfrei antwortete Ellwanger: »Aber ja, Cicero wird vielleicht etwas nervös werden, aber solange die kleine Hundedame ihm nicht nachjagt, hab ich nichts dagegen.«

»Ich behalte sie an der kurzen Leine«, beruhigte ihn Rita.

Er ging voraus. Die Eingangstür führte in einen kleinen Flur mit steiler Stiege ins Dachgeschoss, links ging's direkt ins Wohnzimmer. An den Wänden Bücherregale, die nur die Fenster- und Türöffnungen aussparten und von Bänden überquollen. Andächtig sah ich mich um. Historische Fachbücher, historische Romane, aber auch anspruchsvolle belletristische Literatur, eine Gesamtausgabe von Heine, eine von Dürrenmatt, Hesse, philosophische Werke, dazwischen ein halber Meter Asterix, auch auf Latein, Schwäbisch und Pfälzisch. Auf einem freien Regalteil in zwei Metern Höhe thronte eine goldgelbe Katze und beäugte uns argwöhnisch.

»Cicero hat sich in seinen sicheren Winkel zurückgezogen«, lachte Ellwanger und kraulte Brunhilde, die den Kater nicht aus den Augen ließ, aber brav bei Frauchen blieb. Der Kater auf dem Regal streckte die Vorderbeine und machte einen Buckel. Ihm schien der ungewohnte Besuch gar nicht zu gefallen.

»Haben Sie das alles gelesen?«, fragte Rita ehrfürchtig.

Ellwanger zuckte die Schultern. »In ein paar Jahrzehnten kommt schon einiges zusammen. Manches stammt noch aus meiner Studienzeit. Im Keller steht noch mehr davon.«

Auf meinen fragenden Blick hin erklärte er: »In den 60ern habe ich in Berlin Geschichte, Soziologie, Ethnologie und Archäologie studiert, auch einige Semester Hinduistik, aber fertig geworden bin ich nie. Irgendwann hat mich dann der Alltag eingeholt und ich habe mich auf eine Stelle in der Verwaltung des Schoppendorfer Krankenhauses beworben. Da hab ich dann 30 Jahre lang gearbeitet.«

Er bot uns auf einem uralten Sofa Platz an, wir sanken weich gefedert in die Tiefe, er setzte sich auf einem Bürodrehstuhl dazu, sodass wir zu ihm aufsehen mussten. Mit Brunhilde waren wir dagegen fast auf Augenhöhe.

»Das ehemalige Bahnwärterhäuschen habe ich mir gekauft, als der Rangierbahnhof mit der Zeit aufgelöst wurde«, erklärte Ellwanger. »War ziemlich heruntergekommen damals, vor über 20 Jahren. Aber so nach und nach habe ich alles ein bisschen hergerichtet.« Er verstummte, fuhr sich mit der hohlen Hand über die Augen und sagte mit bewegter Stimme: »Und jetzt soll ich weg hier, wegen des Neubauprojekts. Sie wissen ja.«

»Da wären wir doch schon beim Thema«, überspielte Rita die beklemmende Situation und half Ellwanger mit ihrer nächsten Frage, wieder Fassung zu gewinnen: »Sie vermuten also römische Funde auf dem Gelände?«

Ellwanger stand wortlos auf, ging zu einem Regal hinüber und kam mit einer Keksdose aus buntem Blech zurück. Bevor er sich setzte, öffnete er den Deckel und zog eine goldene römische Münze hervor.

»Ein Aureus«, begann er zu dozieren, »das war vor 1800 Jahren ein kleines Vermögen, ungefähr das Monatsgehalt eines römischen Legionärs. In unseren Breiten ist so ein Münzfund äußerst selten.«

Er hielt die Goldmünze zwischen Daumen und Zeigefinger und betrachtete sie stolz. »Diesen Aureus habe ich hier auf dem Gelände gefunden. Er kam auf einer der Abraumhalden zum Vorschein, wurde also ausgebaggert und mit dem Aushub auf einen der Erdhügel geworfen. Es ist nicht übertrieben, wenn ich behaupte, dass dieser Fund so etwas wie eine kleine archäologische Sensation ist.«

»Der Aureus stammt tatsächlich aus dieser Baugrube?«, fragte ich zurückhaltend.

Ellwanger ließ sich auf seinen Drehstuhl plumpsen, dass dieser ächzte und zurückfederte. Dann grunzte er vorwurfsvoll: »Denken Sie, den hat hier jemand versteckt? Nur so, zum Spaß?«

Als er meinen betroffenen Blick bemerkte, lenkte er ein, wohl weil er seinen schroffen Ton bedauerte, und erklärte ruhig: »Aber Sie sind mit ihren Zweifeln ja nicht allein. Wissen Sie, die Leute vom Denkmalamt haben mich ausgelacht, als ich mit dem Aureus ankam. Ich hatte den Fehler gemacht und ihnen davon erzählt, dass ich vor 20 Jahren in Trier dabei war, als – ebenfalls in einer Baugrube – der Trierer Münzschatz gefunden wurde. Und jetzt glauben die Damen und Herren Archäologen, ich binde ihnen mit dem Schoppendorfer Aureus einen Bären auf.«

Er legte mir die Goldmünze behutsam in die Hand, beobachtete mich dabei ebenso prüfend wie der Kater hoch droben auf dem Bücherregal. Brunhilde äugte misstrauisch zu ihm hoch. Ich betrachtete die Münze, die auf mich nicht den Eindruck machte, als sei sie 1800 Jahre alt. Das Gold funkelte wie neu. Mühsam versuchte ich den Kaisernamen, der sich rund um einen lorbeerbekränzen Altmännerkopf zog, zu entziffern: Hadrian. Ich gab Ellwanger die Münze zurück und er verstaute sie wieder sorgsam in seiner Keksdose.

»In Trier hat es sich vermutlich um einen Hortfund gehandelt«, führte er aus. »Ein reicher römischer Bürger hat damals einen Teil seines Vermögens im Keller seines Hauses versteckt, vielleicht weil Germaneneinfälle zu befürchten waren oder weil Bürgerkrieg herrschte. Hier, in unserer Gegend, gab es keine so reichen Römerstädte wie links des Rheins, aber …«

Er stand wieder auf, ging zu einem anderen Regal und zog einen Ordner hervor, dem er eine Karte entnahm. Auf dem Rückweg zu uns begann er zu erklären: »Im zweiten Jahrhundert nach Christus rückten die Römer über den Neckar weiter nach Germanien vor und verlegten die Reichsgrenze nach Osten, dorthin, wo jetzt noch die sichtbaren Reste des Limes an diese Grenze erinnern.«

Er legte mir Ordner und Karte auf die Knie, setzte sich wieder auf seinen Drehstuhl und beugte sich vor. Mit dem Zeigefinger wies er auf die römischen Städte Mogontiacum und Argentorate, die auf der Karte mit großen roten Quadraten markiert waren.

»In solchen bedeutenden Garnisonsstädten wie Mainz und Straßburg waren die Legionen stationiert. Und hier sehen Sie die gut ausgebauten Römerstraßen zum alten Neckarlimes.« Er führte seinen Zeigefinger über die Karte und stupste ihn auf die Stellen, wo sie den Neckar trafen. »Hier ungefähr liegt Schoppendorf. Von hier aus begann nach meiner Theorie der Feldzug. Hier wurde aufgerüstet. Entweder stammt der Aureus aus einem solchen Hauptlager oder von einer Benefiziarierstation, Jahre später, als die neuen Straßen zur neuen Limesgrenze gebaut wurden.«

»Bene…? Das müssen sie uns erklären«, unterbrach ihn Rita.

»Flapsig gesagt, so was wie eine römische Autobahnmeisterei«, antwortete Ellwanger. »Solche Stationen standen an allen wichtigen römischen Fernstraßen, an Kreuzungen, aber auch an Flusshäfen in regelmäßigen Abständen. Die Benefiziarier waren römische Beamte, die für den einwandfreien Zustand der römischen Fernstraßen verantwortlich waren und auch den Handel kontrollierten.«

Er nahm den Ordner von meinen Knien, faltete die Karte wieder zusammen und steckte sie in die Klarsichthülle zurück. Den Ordner legte er neben sich auf den Fußboden. Dann kreuzte er die Arme über seinem Bauch, lehnte sich zurück und sprach: »Neben solchen Benefiziarierstationen gab es häufig Raststätten, da konnte man auch übernachten und Pferde wechseln. Sogar Tempelchen gab es da, wo die Reisenden für eine gute Weiterfahrt beten und opfern konnten. Da waren auch reiche Händler darunter, die an den Rüstungsgeschäften kräftig verdienten. Die hatten sicher auch entsprechend Geld dabei. Aber der Aureus ist nicht der einzige Fund, den ich hier gemacht habe.«

Er zauberte aus seiner Keksdose zwei Metallgegenstände hervor, schwarz verkrustet und ein wenig unansehnlich. »Teile von einem Zaumzeug«, verkündete er und zeigte uns einen Metallgegenstand, der entfernt an einen Büchsenöffner erinnerte. »Und hier!« Er hob ein unförmiges Gebilde von Daumengröße empor. »Wenn mich nicht alles täuscht, der Torso einer kleinen Götterfigur im Taschenformat. Das passt alles gut zu einer solchen Benefiziarierstation, der letzten vor dem Limes, übrigens. Wer nach Germanien aufbrach, um dort Handelsgeschäfte zu treiben, kam hier mit Sicherheit durch.«

»Was für Handelsgeschäfte?«, fragte ich nach.

Ellwanger verstaute seine Funde wieder sorgfältig in der Keksdose, legte sie auf den Ordner neben sich, faltete die Hände über seinem Bauch und dozierte: »Der Limes war keine geschlossene Grenze, wie sich das manche so vorstellen. Meist waren die Tore geöffnet und ein lebhafter Handelsverkehr verband die römischen Provinzen Obergermanien oder Rätien mit dem nichtrömischen Germanien. Rom führte aus Germanien vor allem Sklaven, blondes Frauenhaar und Bernstein von der Ostsee ein, römische Kaufleute konnten dagegen Gebrauchsgeschirr aus Terra sigillata, also glanzpolierter Keramik, Teller, Töpfe, Schalen usw., bei den Germanen absetzen, außerdem Waffen und Luxuswaren.«

Rita wurde ungeduldig und wechselte das Thema. »Kennen Sie einen Silvio Mercadante?«, fragte sie dazwischen.

Ellwanger grübelte kurz, dann schüttelte er den Kopf.

»Wir sollen Sie nämlich von ihm grüßen.«

Sie beachtete aufmerksam die Wirkung ihrer Worte, aber Ellwanger zuckte nur etwas hilflos die Schultern.

»Die Bauleiterin scheint Sie nicht besonders zu mögen«, setzte sie ihr Verhör fort.

»Das alte Lied«, winkte Ellwanger ärgerlich ab. »Wenn ein Baustopp droht, drehen die Bauleute durch und wir Archäologen sind nicht gern gesehen. Zuerst meine Meldung ans Landesamt für Denkmalpflege, dann die Geschichte mit der Leiche, aber wenn ich sie nicht gefunden hätte, wär halt ein anderer über sie gestolpert.«

Rita schoss bereits ihre nächste Frage ab: »Können Sie sich erklären, wie die Leiche so lange unbemerkt in einem Fundament liegen konnte, der Beton war ja schon hart.«

Ellwanger kratzte sich am Hinterkopf. »So richtig sichtbar war sie ja gar nicht. Da lagen ja überall Baustahlkörbe, Stahlmatten, Schaltafeln und anderes Zeug herum. Ein paar Bretter musste ich sogar zur Seite räumen, um hinzukommen. Von oben konnte man sowieso nichts erkennen, weil die Verschalungen für die Seitenwand auf der Straßenseite schon hochgezogen war.«

»Aber irgendjemand muss sie doch hierhergeschleppt haben«, bohrte Rita weiter.

Ellwanger riss die Augen auf: »Ja, ja. Das war sicher nicht so einfach. Der Kerl muss was vom Bau verstanden haben, der hat genau gewusst, wo Baustahl zur Armierung drin war und wo nicht – also wo es tief genug war, die Leiche im Beton unterzubringen. So viele geeignete Stellen gibt es da gar nicht.« Er senkte seine Stimme und fügte scherzhaft hinzu: »Auf dem Bau sagt man: ›Viel Stahl, a bissle Zement, Wasser und so viel, wie reingeht, Sand und Kies.‹ Fast überall ist Baustahl drin. Wahrscheinlich hat der Täter zuvor von oben alles genau beobachtet.«

Da sprang Cicero laut kreischend von seinem Platz im Bücherregal auf den Fußboden. Brunhilde schoss hoch, Frauchen riss die Leine zurück, was dem Kater sichtlich gefiel. Er baute sich provozierend vor Brunhilde auf, die an der straffen Leine zog und ihn böse anknurrte. Cicero machte sich vor ihm groß, fauchte zurück, buckelte, dann stolzierte er hoch erhobenen Schwanzes zur Tür. Brunhilde begann wild loszubellen, doch Rita hielt ihr rigoros die Schnauze zu.

»Ich glaube, sie muss Gassi«, sagte sie entschuldigend.

Wir wechselten noch einige Worte über Ellwangers idyllisches Häuschen mit dem schönen Rosengarten und verabschiedeten uns.

»Er wohnt hier wie in einem kleinen Paradies«, schwärmte ich, als wir draußen waren, und betrachtete die Umgebung. »Eine Oase der Besinnlichkeit am Rande der Bauwüste. Wie aus einer anderen Welt.«

Rechts schloss sich eine Schrebergartenkolonie mit viel Grün an, auf der linken Seite seines Grundstücks begann eine kleine Anlage mit Kinderspielplatz. Hinter dem Rosengarten dagegen breitete sich das unansehnliche Brachland des ehemaligen Rangierbahnhofgeländes aus und dann kam der Bauzaun.

»Ein sichtbar bedrohtes Paradies«, sagte Rita und deutete zur Baustelle hinüber. »Die Bagger und Planierraupen werden immer näher rücken. In seiner Haut möchte ich nicht stecken. Was hältst du übrigens von Ellwangers Version?«

»Wieso? Welche Version denn?«, fragte ich verwirrt und wusste zunächst nicht, worauf sie anspielte.

»Na, mir erscheint seine Geschichte schon etwas seltsam«, begann Rita. »Er sucht die Wand der Baugrube ab, schaut zufällig auf ein Fundament und sieht von Ferne die Beine aus dem Beton ragen, muss dann aber alles Mögliche wegräumen, bis er richtig sieht, was er von Weitem entdeckt haben will.«

Das war mir doch ein bisschen vorschnell geurteilt, deshalb wandte ich ein: »Er sagte doch, dass er lediglich drei oder vier Meter von der Betonleiche entfernt stand, als er mit seiner Sonde den Hang abgesucht hat. Da konnte ihm schon etwas aufgefallen sein, was seine Neugier geweckt hat.«

»Mag sein«, gab sie zu. »Aber hat er nicht erwähnt, dass die Verschalung für die Wände auf der Straßenseite zum Zeitpunkt seiner Entdeckung schon aufgebaut war? Wenn er also mit seiner Sonde hier den Hang abgesucht hat, musste er doch hinter dieser Verschalung zu Gange gewesen sein und dann konnte er gar keine freie Sicht aufs Fundament haben. Wie auch immer – mir erscheint seine Darstellung etwas seltsam. Aber der Baustopp passt ihm für seine archäologischen Untersuchungen gut ins Konzept.«

»Und für sein Häuschen, aus dem er vielleicht bald ausziehen muss, weil es unter die Planierraupen kommt. In diesem Punkt gebe ich dir recht.«

Wir schlenderten mit Brunhilde, die sich wieder beruhigt hatte, den Weg zu den Kleingärten hinüber und trafen wieder auf Engels VW-Bus. Engel stand davor und redete auf einen Gartenbesitzer ein, der gerade dabei war, seine Hecke zu schneiden. Daneben mühte sich ein junger Mann mit einem Mikrofon ab. Er mochte so Ende 20 sein, etwas untersetzt, blass, trug eine schwarze Hornbrille, Sakko und Krawatte.

»Hallo, Herr Kalupke«, begrüßte ihn Rita und erklärte mir: »Mike Kalupke hat deine frühere Stelle übernommen. Davor war er bei der Thüringischen Rundschau.«

Ich stellte mich vor, wollte ihm die Hand geben. Kalupke spulte sichtlich gestresst das Mikrofonkabel ab, das sich am Träger seiner Umhängetasche verwickelt hatte, und lächelte dünn. Hastig steckte er das Mikrofon kopfüber in seine Jackentasche, um die Rechte frei zu bekommen, um meine dargebotene Hand zu schütteln.

Rita überbrückte die Zeit und sagte: »Herr Kalupke berichtet über die Bürgerinitiative ›Alter Rangierbahnhof‹.« Dann wandte sie sich Engel zu.

Als dieser uns entdeckt hatte, breitete er beide Arme aus und rief: »Das einzig echte an manchen Menschen ist ihre Falschheit. Können Sie sich das vorstellen? Das alles soll in ein paar Monaten unter die Baggerschaufeln und wir können nichts dagegen machen!«

Er wandte sich dem Heckenschneider zu, der seine Schere weggelegt und seine Hände an seiner Hose flüchtig abgestreift hatte. »Darf ich vorstellen, Frau Delbosco vom ›Schoppendorfer Echo‹, Herr Niklas vom SWR und das hier ist Luigi Vadore.«

Vadore lächelte und nickte uns kurz zur Begrüßung zu. Er mochte etwa so alt wie Ellwanger und Engel sein, aber schmal, drahtig und gut einen Kopf kleiner als Engel. Er trug einen bejahrten kreisrunden Strohhut und eine grüne Latzhose, die nicht recht zu seinem verwaschenen Hawaiihemd passen wollte.

Engel schien das Interview übernehmen zu wollen, solange Mike Kalupke mit dem Kabel kämpfte. »Sagen Sie doch mal, wie lange haben Sie schon Ihren Garten hier?«

»Da muss ich jetzt mal überlegen«, antwortete Vadore zögernd auf Engels Frage, dachte einen Moment nach und sprach dann mit leicht südländischem Akzent: »Sehr lange. Das müssen jetzt fast 30 Jahre sein. Das alles sind ursprünglich Gärten der Bahnbediensteten gewesen, am Rande des Rangierbahnhofs. Jetzt kann jeder hier einen Garten pachten.«

»Wie oft sind Sie denn hier draußen?«

»Im Sommer fast die ganze Zeit, da komme ich nur zum Schlafen nach Hause. Immer gibt es was zu tun: die Obstbäume, die Beerensträucher, das Gemüse und heute die Hecken.« Vadore strahlte, dann kratzte er sich am Hinterkopf und verzog sein Gesicht. »Manchmal gibt es auch Ärger. Heute Nacht muss mir jemand an meine Birnen gegangen sein. Meine schönen Beete waren zertrampelt. Ich schätze, die Ragazzi vom ›Abstellgleis‹ da drüben waren wieder mal unterwegs. Aber damit würden wir hier schon klarkommen.« Er grinste: »Müssen wir uns eben mal wieder nachts auf die Lauer legen.« Dann wurde er wieder ernst: »Was uns hier mehr zu schaffen macht, sind die Bauleute, die hier alles plattmachen wollen. Seine Miene verfinsterte sich, dann schob er trotzig nach: »Aber wir werden uns das nicht gefallen lassen und etwas unternehmen, nicht einfach stille halten. Der Baustopp muss kommen, so oder so!«

»Die Axt im Haus erspart den Zimmermann.«

Hinter Engels VW-Bus war der Alte Fritz alias Friedrich Schiller mit seinem spitzen Hut aufgetaucht. Er musste Vadores letzte Worte mitbekommen haben. Ohne uns zu grüßen, legte er los: »Des Zeugs dort drüba sollt mer älles in d'Luft schprenga.« Er fuchtelte mit seiner rechten Faust fluchend in der Luft herum, dann grummelte er weitere unverständliche Schimpfworte und zog seines Wegs. Wir schauten ihm etwas irritiert nach.

Inzwischen hatte Mike Kalupke sein Mikrofon wieder fest im Griff und hielt es Engel unter die Nase.

»Geld schließt auch die Hölle auf«, wetterte dieser, »und die Teufel sind schon unterwegs. Was muss noch alles geschehen, bis dieser Wahnsinn aufhört. Ganz Schoppendorf ist dagegen, aber die Wirtschaftsbosse setzen sich durch. Und was tun wir? Wie heißt es so schön? Erst schließen wir die Augen, dann sehen wir weiter!«

»*Die Welt ist ein wunderschönes Nichts*«, setzte Vadore hinzu.

»Angelus Silesius«, nickte Engel.

Kalupke blinzelte mit den Augen und schaute ihn etwas verwirrt an. »Wie meinen Sie das jetzt?«

Geduldig erklärte Engel: »Angelus Silesius, der schlesische Engel, wie er sich nannte, war ein katholischer Mystiker des 18. Jahrhunderts. Vadore meint mit seinem Zitat, dass dieses Paradies hier zwar auf den ersten Blick wunderschön erscheint, sich aber bald in Nichts aufgelöst haben wird.«

Kalupke nickte andächtig, wandte sich Vadore zu und hielt ihm sein Mikro hin: »Sie sagten vorhin, Sie wollten einen Baustopp durchsetzen?«

»Wir planen eine Protestdemonstration – vom Bauzaun zum Rathaus, mit anschließender Kundgebung auf dem Marktplatz«, erklärte Vadore.

»Dort rennen sie offene Türen ein«, schaltete sich Rita ein.

»Aber wir bringen unsere Sache in die Öffentlichkeit – und Sie werden darüber berichten«, triumphierte Vadore.

»Das werden wir, darauf können sie sich verlassen«, sagte ich und gab ihm meine Karte. »Rufen Sie mich an, wenn es so weit ist!«

»Werden Sie bis morgen fertig?«, fragte Rita Kalupke.

Der nickte diensteifrig und versicherte: »Ein Foto habe ich schon gemacht, der Text liegt morgen früh auf ihrem Schreibtisch! Das wird super!«

Wir verabschiedeten uns und zogen weiter.

»Bisschen nervös, der Bursche«, bemerkte ich zu Rita, als wir außer Hörweite waren.

»Er nervt mich mit seiner Beflissenheit«, gab sie zurück, »ich kann mir nicht helfen, aber ich werde den Verdacht nicht los, dass er wohl bei uns schnell Karriere machen will.«

MITTWOCHABEND
23.9.

Auf dem Rückweg zu Ritas Wagen zog ich Bilanz. »Ellwanger befürchtet, wegen der Überbauung des Geländes sein Häuschen zu verlieren. Dieselbe Angst treibt die Schrebergärtner um, weil sie demnächst aus ihrer kleinen heilen Welt vertrieben werden. Engel taucht sowohl bei Ellwanger als auch in den Kleingärten auf und scheint eindeutig Partei für sie zu ergreifen. Für ihn ist das ein Projekt ganz besonderer Art, er schürt aus politischen Gründen ihren Protest gegen den ausufernden Kapitalismus. In Stuttgart ist er bekannt als einer der entschiedensten Stuttgart-21-Gegner.«

»Weißt du, was ich besonders merkwürdig finde?«, unterbrach Rita meine kühnen Gedankenflüge. »Noch niemand wurde vermisst. Niemand hat eine Ahnung, wer die Leiche sein könnte.«

Wir gingen noch einmal Ellwangers Schilderung des Leichenfunds durch.

»Was er uns heute erzählt hat, klang anders, ich meine, wesentlich detaillierter, als das, was du in deinem ersten Artikel von ihm zitiert hast«, stellte ich fest.

»Das kann schon sein. Inzwischen hat er bereits bei der Polizei ausgesagt und ist ausführlich befragt worden. Bestimmt haben ihn die Beamten um einen präzisen Bericht gebeten. Und jetzt hat sich seine Erinnerung sozusagen geformt. Das ist nicht ganz ungefährlich. Hinter so einer standardisierten Aussage kann unbewusst die eigentliche Erinnerung verblassen.« Sie schwieg einen Augenblick, als ob Sie weiter darüber nachdenken würde, dann sagte sie: »Ich habe vorhin mit Kommissar Böckle telefoniert. Er leitet die Untersuchung.«

»Und? Hat er was rausgelassen?«, fragte ich neugierig.

Rita lachte. »Du weißt doch, wie er sich bei der Erpressungsgeschichte letztes Jahr angestellt hat. ›Wir ermitteln in alle Richtungen‹, hat er gesagt. Und das heißt doch wohl, die Polizei hat wieder mal keine Ahnung.«

»Und wir? Wissen wir denn mehr? Wir sind noch keinen Schritt weitergekommen. Als Fakten haben wir nur: Die Leiche im Fundament. Die Beine schauen heraus, eigentlich nur die Füße und ein Teil der Unterschenkel, wenn ich von deinem Bild ausgehe, das du im ›Echo‹ gebracht hast. Alles andere sind reine Spekulationen.«

Rita fuhr ungerührt fort: »Entweder wollte jemand eine Leiche in diesem Fundament verschwinden lassen und hat schlampig gearbeitet.« Sie hielt inne und überlegte: »Eigentlich wäre das doch die perfekte

Möglichkeit, eine Leiche endgültig aus der Welt zu schaffen. Meinst du nicht auch? Wenn der Beton ausgehärtet ist und die Wände hochgezogen sind, findet sie niemand mehr.«

»Oder?«, fragte ich gespannt.

»Oder jemand wollte, dass man die Beine sieht und damit die Leiche findet.«

»Das alles reimt sich doch nicht zusammen«, warf ich ein. »Kein Täter, das Opfer völlig unbekannt …«

»Das klärt sich, wenn die DNA festgestellt ist«, unterbrach mich Rita. »Spätestens morgen wissen wir da mehr.«

»… auch der Hergang der Tat ist völlig unklar. Kein Mensch kann sich vorstellen, wie die Leiche in den Beton hineingekommen ist und wie sie so lange dort unentdeckt geblieben sein konnte.«

»Das hat ja Ellwanger zu erklären versucht«, gab Rita zu bedenken. »Von oben, also von der Straße aus, sei die Stelle uneinsehbar, hat er gesagt. Außerdem sei die direkte Sicht auf den Tatort durch irgendwelches Gerümpel verdeckt gewesen. Ellwanger musste zuerst einiges davon wegräumen, um besser nachsehen zu können.«

»Dann kann es nur so gewesen sein«, versuchte ich zusammenzufassen: »Das Fundament war frisch ausgegossen, jemand hat die Leiche irgendwann nachts, wenn niemand mehr unterwegs war, dort hineingelegt, ist von irgendwas oder irgendjemandem gestört worden und hat dann bemerkt, dass der Beton bereits hart zu werden begann. Deshalb hat er die Stelle in aller Eile mit Baustahl und Brettern notdürftig abgedeckt. Niemand hat etwas davon bemerkt und dann kam Ellwanger.«

»Und zwar am frühen Montagmorgen.« Rita redete sich in Fahrt. »Das heißt, wenn das Fundament hier am Freitagnachmittag ausgegossen wurde, hätte der Täter die Leiche in der Nacht zum Samstag dort ablegen können. Eine Verschalung für die Seitenwand stand schon und verdeckte die Sicht von der Straße aus. Wie du wohl richtig vermutest, wurde er gestört, bevor er die Leiche ganz unter den Beton gebracht und anschließend alles wieder geglättet hatte. Samstag und Sonntag war kein Baubetrieb. Nach seinem ursprünglichen Plan wäre die Leiche dann in ihrem Betongrab unsichtbar verschwunden.«

»Oder eben Möglichkeit zwei, der Täter wollte, dass die Leiche gefunden wurde und ein Baustopp das Projekt zumindest unterbricht.«

Rita blieb stehen und sah mich kopfschüttelnd an: »Du meinst ein Projektgegner, vielleicht sogar Ellwanger, bringt extra dafür einen um?«

Ich musste zugeben, dass wir mit dieser Theorie wohl nicht weiterkommen würden und sagte: »Es führt kein Weg daran vorbei. Wir müssen den Bauablauf klären, das heißt, mit der Bauleiterin sprechen. Dann sollten wir morgen oder übermorgen aus Böckle herauskitzeln, was die DNA-

Analyse gebracht hat, ob man das Opfer identifizieren kann.«

Rita nickte. »Wir dürfen aber dabei die andere Sache nicht vergessen, den Kampf der Bürgerinitiative gegen das ganze Projekt, den Baustopp, der ihnen jetzt sehr gut ins Konzept passt, ebenso Ellwangers Antrag beim Landesamt für Denkmalpflege und die geplante Aktion der Schrebergärtner.«

»Aber einen einleuchtenden Zusammenhang zum Mordfall sehe ich nicht.«

Rita runzelte die Stirn: »Ich auch nicht – noch nicht. Und trotzdem hängt alles irgendwie zusammen, das spüre ich. Faktisch hat erst der Leichenfund dafür gesorgt, dass die Arbeiten unterbrochen wurden und die Schoppendorfer, die dieses verdammte Bauprojekt nicht wollen, wieder lebhaft darüber diskutieren. Wenn ich morgen Zeit hätte, würde ich nach Stuttgart fahren und mich im Regierungspräsidium und im Landesamt für Denkmalpflege umsehen.«

»Das Landesamt für Denkmalpflege ist in Esslingen«, korrigierte ich sie. »Aber das könnte ich übernehmen. Hast du noch Mercadantes Karte mit den Telefonnummern?«

»Im Handschuhfach. Ich geb sie dir gleich.«

Vor ihrem Alfa blieben wir stehen, schauten nachdenklich auf die Baustelle, auf der immer noch gespenstische Ruhe herrschte. Es wurde bereits dämmrig, und die Straßenlampen begannen, orange zu leuchten. Die Baufahrzeuge standen still, als hätte jemand die Zeit angehalten.

»Ich mach noch schnell ein Foto, drüben bei der Lastwagenausfahrt«, sagte Rita, »nimmst du mal den Hund?«

Ich ging mit ihr die paar Schritte hinüber bis zum Absperrband. Wo die Leiche lag, klaffte ein Loch im Beton, etwa ein auf zwei Meter breit. Wie eine Grabkammer im Fels, dachte ich.

Brunhilde wollte nicht weiter, zog an der Leine, fiepte aufgeregt.

»Was hat sie denn jetzt wieder entdeckt?«, Rita drehte sich um und redete beruhigend auf sie ein.

Da schleuderte mich ein ohrenbetäubender Knall zu Boden. Eine Druckwelle ließ die Erde erzittern, Steine und Lehmbrocken flogen durch die Luft. Rita duckte sich zu mir nieder, ich kam wieder auf die Füße, blieb aber in der Hocke sitzen, wir rissen instinktiv die Arme hoch und versuchten Kopf und Gesicht zu schützen. Brunhilde jaulte und wetzte mit der Leine um den Hals davon.

»Was war denn das?«, Rita erhob sich mühsam und starrte mich entsetzt an.

Ich richtete mich auf: »Da vorn, am Rand der Baugrube«, rief ich und zeigte auf ein aufgerissenes Loch im Boden. »Da muss eine Bombe hochgegangen sein!«

Auf einer Länge von gut 40 Metern war ein Teil der Erdwand eingebrochen. Unter dem Bauzaun hindurch war die Erde in die Tiefe gestürzt. Pfähle, an die der grobe Maschendraht genagelt war, baumelten in der Luft und schwankten hin und her. Steine, durch die Luft gewirbelte Baubretter und Lehm verteilten sich auf der Grundplatte. Ohne lange zu überlegen, zog ich mein Handy aus der Tasche und drückte die Notrufnummer.

Rita drehte sich um, rief nach Brunhilde und stieg auf eine der angrenzenden Abraumhalden. Während ich mit dem Handy am Ohr auf Antwort wartete, sah ich sie hinter den Erdhügeln verschwinden.

»Nils Niklas«, rief ich, als die Verbindung endlich da war. »Bei der Einfahrt zur Baustelle beim Rangierbahnhof hat es eine Detonation gegeben … Ja, gerade eben, ich hab es selbst gesehen und gehört … Ja, ich warte hier, bis Sie da sind. In der Nähe steht ein roter Sportwagen.«

Inzwischen hatte sich auf der Straße ein langer Stau gebildet. Viele Neugierige ließen ihre Autos einfach mitten auf der Fahrbahn stehen, drängten zum Bauzaun, deuteten auf den Krater und diskutierten aufgeregt. Eine Gruppe Jungs vom »Abstellgleis« kamen quer über das abgesperrte Gelände herübergerannt und johlten. Der Bursche mit den violetten Haaren und dem Irokesenschnitt war auch dabei: »Ey cool, die Welt geht unter!«

Ich stieg auf eine der Abraumhalden und entdeckte etwa hundert Meter vor mir Rita auf dem Boden kauern. Hatte sie Brunhilde gefunden? Hatte der Hund was abgekriegt? Da sah ich, wie Rita den

Rauhaardackel auf den Arm nahm, sich langsam aufrichtete und zu mir herüberkam. Die Dackeldame zitterte, drückte ihren Kopf unter Ritas Kinn und sah aus wie ein Häufchen Elend.

»Sie hat es vorausgeahnt und wollte uns warnen«, gurrte Rita und streichelte sie. »Aber ich glaube, es ist nur der Schreck, sie wird sich bald wieder gefangen haben.« Vorsichtig setzte sie Brunhilde wieder auf dem Boden ab. Darauf griff sie seelenruhig in ihre Jackentasche und zog ihre Digitalkamera hervor. »Die Polizei wird noch ein bisschen Zeit brauchen, bis sie auftaucht. Nimmst du noch mal den Hund?«

Ohne eine Antwort abzuwarten, drückte sie mir die Leine in die Hand, hob das Absperrband hoch und lief auf der LKW-Zufahrt runter zu dem kleinen Krater, den der Sprengsatz in den Boden gerissen hatte. Sie kümmerte sich nicht um die Leute, die am Zaun standen und zu ihr hinunterblickten, und knipste in aller Ruhe ihre Bilder. Ich ging in die Hocke und redete beruhigend auf Brunhilde ein.

Erst als in der Ferne ein Martinshorn zu hören war, begann sich die Menge allmählich zu zerstreuen, die Zaungäste stiegen wieder in ihre Autos und wenig später begann ein lautstarkes Hupkonzert, bis sich der Stau allmählich auflöste.

Als die Wagen der Polizei endlich eintrafen, war Rita längst wieder aus der Grube aufgetaucht. Während ein Fotograf mit zwei Beamten zum Zaun lief und begann, Aufnahmen zu machen, gingen zwei weitere

Beamte daran, das Gelände weiträumig abzusperren. Jetzt verzogen sich auch die Jungs vom »Abstellgleis«. Eine Polizistin winkte mich zu sich, fragte nach, ob ich die Meldung abgeben hätte, und bat uns, unsere Aussage zu machen. Kaum hatte sie das Wichtigste notiert, sah ich einen Beamten in hellem Mantel auf uns zukommen. Als er näher trat, erkannte ich Böckle.

Der blond gelockte Kommissar mit dem Kindergesicht begrüßte uns mit einem undurchsichtigen Lächeln. »Schönen guten Abend, Frau Delbosco – und wenn ich mich recht erinnere, Herr Niklas? Ich kann mir nicht helfen, aber ich bin nicht einmal überrascht, Sie hier zu treffen.«

»Sie meinen jetzt aber nicht, wir hätten die Bombe gezündet«, witzelte Rita.

»So viel kriminelle Energie traue ich Ihnen nun doch nicht zu«, gab Böckle zurück.

Brunhilde schaute wie gebannt zu ihm hoch und begann zu knurren. Rita zog vorsichtshalber die Leine stramm.

»Es war wirklich reiner Zufall, dass wir gerade hier waren, als die Bombe hochging«, mischte ich mich ein.

Böckle sah mich spöttisch an: »Zufall oder Schicksal? Oder doch die Spürnase des Journalisten?«

»Wir kommen gerade von einem Besuch bei Herrn Ellwanger«, erklärte Rita.

»Dem Hobbyarchäologen, der vorgestern die Leiche entdeckt hat?«, fragte Böckle interessiert.

»Lassen Sie ihn das mal nicht hören«, warf ich ein. »Er ist stolz darauf, als ehrenamtlicher Mitarbeiter des Landesamts für Denkmalpflege unterwegs zu sein.«

»Ich weiß, ich weiß«, winkte Böckle ab, »habe mich ja lange genug mit ihm unterhalten. Wann sind Sie denn bei ihm weggegangen?«

Ich schaute auf meine Armbanduhr. Es war viertel vor sieben. »Das dürften schon anderthalb Stunden her sein.«

»90 Minuten?«, fragte Böckle scharf nach und pfiff durch die Zähne.

»Wir sind noch bei den Schrebergärten vorbeigegangen«, erklärte Rita, »ein Mitarbeiter von mir machte gerade ein Interview mit Sprechern der Bürgerinitiative.«

Böckle machte sich eine kurze Notiz. »Kann sein, dass ich mich noch mal an Sie wenden muss«, sagte er dann und verabschiedete sich.

Als er zu seinem Wagen hinüberschritt, zog Brunhilde wieder an der Leine, sah ihm nach und gab einen unterdrückten Kläffer von sich.

Rita blickte mich nachdenklich an:»Meinst du, er hat Ellwanger in Verdacht? Zeit genug hätte er ja gehabt, das Ding zu zünden.«

Ich schüttelte den Kopf:»Der Täter hat sicher mit einem Zeitzünder gearbeitet und alles schon Stunden vorher vorbereitet.«

DONNERSTAGVORMITTAG 24.9.

Das Regierungspräsidium befand sich in der Ruppmanstraße in Stuttgart-Vaihingen. Nur zögernd hatte mir der Sachbearbeiter in der Baurechtsabteilung kurzfristig einen Termin eingeräumt, nachdem ich seine Sekretärin davon hatte überzeugen können, dass sie mich unbedingt mit ihm verbinden müsste.

Auf der Fahrt mit der S-Bahn vom Hauptbahnhof hinauf nach Stuttgart-Vaihingen legte ich mir eine Strategie zurecht. Besser, wenn ich die Sache mit der Leiche und der Bombe zunächst mal außen vor ließe. Ich wollte ja herausfinden, wie die Baubehörde grundsätzlich zu dem Projekt stand, ob sie es tatsächlich unterstützte, wie Mercadante behauptet hatte. Da würde die neueste Entwicklung in Schoppendorf eher hinderlich sein.

Sollte ich an den Bericht über das Bauprojekt in der Landesschau anknüpfen, wenn er auch schon Wochen zurücklag? Mir fiel was Besseres ein: Die Bürgerinitiative und die geplante Protestaktion der Schrebergärtner! Das wäre doch ein nachvollziehbarer Grund für meinen Besuch.

Als ich in der Ruppmannstraße vor dem riesigen Baukomplex stand, dachte ich zunächst, ich hätte mich in der Adresse geirrt. Die Anlage glich eher der Zentrale einer europäischen Großbank. Ich zog mein Smartphone aus der Tasche und googelte das Regierungspräsidium Stuttgart. Kein Zweifel. Ich war hier richtig. Nebenbei fand ich noch einige interessante Angaben. Das imposante »Pallas«-Gebäude war vor gut 20 Jahren von dem deutsch-amerikanischen Stararchitekten Helmut Jahn aus Chicago gebaut worden.

Ich machte mich auf den Weg durch die riesigen Blendfassaden aus schwarzem Granit, die wie Keile aus den gläsernen Fronten herausragten, zum weiten Innenhof. Die Hauptachse, eine breite Allee, führte diagonal zu einem kreisrunden Platz mit Grünfläche und groß angelegtem rechteckigen Bassin. Ringsum formten sich die vier Flügel des postmodernen Blocks zu einem Quadrat. Die Quadratur des Kreises – eine ironische Spitze des Architekten? Bänke am Rande des Bassins luden zum Ausruhen ein, wenn das Regieren für die Beamten einmal zu anstrengend werden sollte.

Im Entrée-Bereich erkundigte ich mich und wurde in die Abteilung für Raumordnung, Baurecht und denkmalschutzrechtliche Entscheidungen weitergeleitet, fand den richtigen Flur und nach einiger Zeit auch die Zimmernummer, die man mir unten genannt hatte. Die Tür zum Büro von Regierungsoberamtsrat Schweikle stand offen.

»Kommen Sie herein«, dröhnte sein gutmütiger Bass, als er mich auf dem Flur etwas zögern sah. Am Ende seines schmalen Büros stand ein Schreibtisch, auf dem sich Aktenberge türmten, dazwischen ein massiger Kopf, von einem weißen Haarkranz umgeben. Schweikle stand mühsam auf, schob sich am Schreibtisch vorbei und streckte mir seine Hand hin.

»Kommen Sie gerade aus Schoppendorf? Da geschehen ja schlimme Sachen, Herr Nikolaus.«

»Niklas, Nils Niklas«, verbesserte ich.

»Entschuldigung«, dröhnte Schweikle und grinste fröhlich. »Der Nikolaus hat noch a bissle Zeit, gell? Was macht die Leiche? Ist sie schon geborgen? Sachen gibt's!« Er schüttelte den Kopf, wartete eine Antwort von mir nicht ab und räumte einen kleinen runden Tisch frei, um den sich drei Bürostühle gruppierten, dann bot er mir Platz an. Er hatte nichts dagegen, dass ich während unseres Gesprächs mein Diktiergerät mitlaufen ließ.

»Wissen Sie«, begann er in aller Ruhe, nachdem ich ihm das öffentliche Interesse an den Vorgängen um die Großbaustelle deutlich gemacht und er mir geduldig zugehört hatte, »alle unsere Überprüfungen der Baugenehmigungsanträge haben ergeben, dass sämtliche Vorschriften eingehalten worden sind. Bei so einem Projekt gehen wir im Vorfeld besonders gewissenhaft vor, davon können Sie ausgehen.«

Ich versuchte ihn etwas aus der Ruhe zu bringen: »Aber die Stadtverwaltung von Schoppendorf hatte doch von Anfang an andere Pläne mit diesem Gelände und ist bis heute gegen die vorgesehene Überbauung.«

»Das mag ja vielleicht so aussehen«, räumte Schweikle ein, »aber die Fakten und auch die Rechtslage sprechen eine andere Sprache. Die Stadt Schoppendorf hat der Bahn eine geringere Summe für das Gelände geboten und die Bahn hat sich beim Verkauf für das Planungskonsortium entschieden, das mehr bezahlt hat. So einfach ist das. Uns bleibt nun nichts anderes übrig, als zu prüfen, ob bei diesem Verkauf alles korrekt gelaufen ist und bei den Plänen der Erwerber nichts den rechtlichen Bestimmungen zuwiderläuft.«

»Wer steckt eigentlich hinter diesem Konsortium?«

Schweikle angelte sich von seinem Schreibtisch eine Akte und begann darin zu blättern. »Das ist kein Geheimnis, das kann ich Ihnen gerne sagen: Die ›Happobau‹, ein Architekturbüro für Stadtentwicklung und eine italienische Privatbank.«

Ich horchte auf, fragte nach und notierte mir den Namen: »Banca degli Angeli di Firenze«.

Schweikle schloss die Akte und warf sie von seinem Stuhl aus auf den Schreibtisch zurück, wo sie zielgenau auf einem Aktenstapel landete.

»Die Stadt hat bis heute keine offizielle Einwendung gegen das Vorhaben vorgebacht«, meinte er mit einem hintergründigen Lächeln. »Sie billigt wohl inzwischen stillschweigend das Projekt. Es bringt ihr ja auch eine Menge Vorteile, zumindest steuerlich gesehen.«

»Sie meinen, die Stadtverwaltung ist nicht aufrichtig zu ihren Bürgern?«

»Das will ich damit nicht gesagt haben«, sicherte sich Schweikle ab. »Aber wenn die Stadt Schoppendorf wirklich eine andere Nutzung des Rangierbahnhofgeländes hätte durchsetzen wollen, dann hätte sie bereits im Vorfeld der Verkaufsgespräche ihre Vorstellungen deutlicher machen müssen, jetzt ist es zu spät. Der Zug ist sozusagen abgefahren.«

»Aber der Bürgerwille, zählt der gar nichts?«

Schweikle lachte kurz auf. »Was heißt da Bürgerwille? Vielleicht ist es ja nur eine lautstarke Minderheit, die vorgibt, diesen Bürgerwillen zu repräsentieren. Schauen Sie, wir haben Gesetze und Vorschriften, nach denen wir uns richten müssen. Allein das ist in einer solchen Angelegenheit maßgebend.«

»Es gibt Vermutungen, dass hier römische Funde im Boden liegen, wäre das kein Grund, die Bauarbeiten einzustellen?«

Schweikle lächelte nachsichtig. »Das Landesamt für Denkmalpflege ist unserer Behörde unterstellt. Im Zweifelsfall entscheidet immer das Regierungspräsidium. Aber natürlich haben wir im Vorfeld der Genehmigung auch das geprüft.«

Ich ließ nicht locker: »Erst vor Kurzem hat ein ehrenamtlicher Mitarbeiter des Denkmalamts hier eine goldene römische Münze gefunden.«

Schweikle ließ sich nicht aus der Ruhe bringen, fragte gutmütig: »So, hat er das?«

»Er hat auch Teile eines Zaumzeugs und eine kleine römische Götterfigur geborgen«, fuhr ich fort, »das ›Schoppendorfer Echo‹ wird in Kürze darüber berichten.«

Da runzelte Schweikle kurz die Stirn, schüttelte dann aber den Kopf. »Das würde die ausgesprochene Baugenehmigung kaum rückgängig machen können. Aber es könnte eine Notgrabung angeordnet werden und das würde eine zeitlich schwer einzuschätzende Verzögerung der Bauarbeiten bedeuten. Aber da können Ihnen sicher die Mitarbeiter im Landesamt für Denkmalpflege weiterhelfen.«

Ich bedankte mich für das Gespräch und machte mich auf nach Esslingen.

Direkt vor dem Bahnhof in Esslingen fand ich den Einstieg in die Berliner Straße, die mich nach wenigen Minuten zu meinem Ziel führte. Der Gebäudekomplex wirkte etwas bescheidener als das Regierungspräsidium in Vaihingen, war aber architektonisch nicht weniger interessant. Hier begegneten sich mutig 19. Jahrhundert und Postmoderne: Rote Backsteinfassade aus der Gründerzeit traf auf einen riesigen Glasquader mit integrierten Solarflächen.

Im Landesamt für Denkmalpflege empfing mich Frau Dr. Horsovsky. Sie war fast so groß wie ich, so um die Mitte 40, selbstbewusst, aber sehr zuvorkommend. »Ich weiß schon Bescheid«, sagte sie bei der Begrüßung und lächelte mich freundlich an, als ich mein Anliegen zur Sprache bringen wollte. »Herr Ellwanger hat mich gestern Abend noch angerufen und mir erzählt, dass Presse und Fernsehen inzwischen Interesse an seinen Schoppendorfer Funden gezeigt haben, nehmen Sie doch bitte Platz.« Sie zeigte auf einen Holzstuhl vor ihrem Schreibtisch.

»Was halten Sie denn von Herrn Ellwangers Theorie?«

Sie blickte mich durch ihre dicken Brillengläser etwas mitleidig an und strich sich eine graue Strähne aus der Stirn. »Reine Spekulation«, winkte sie ab. »Herr Ellwanger ist einer unserer eifrigsten Mitarbeiter, kein Zweifel, aber was er uns da berichtet hat, rechtfertigt nie im Leben eine Notgrabung, und was den Aureus angeht, es tut mir sehr leid, aber den nehm ich ihm einfach nicht ab.«

»Immerhin ist er doch einer Ihrer offiziellen ehrenamtlichen Mitarbeiter.«

Sie lächelte gequält, lehnte sich in ihrem Bürostuhl hinter ihrem Schreibtisch zurück und suchte nach den richtigen Worten. »Ja, schon, ich will seine Verdienste auch nicht schmälern, aber – sehen Sie – in erster Linie ist er Schatzsucher.« Sie klopfte nervös mit ihrem Kuli auf die Tischplatte.

»Hat er Ihnen auch vom Trierer Münzschatz vorgeschwärmt?«

Als ich nickte, fuhr sie fort: »Diese wirklich sensationelle Geschichte vor gut 20 Jahren in Trier hat ihn geprägt. Damals wurden mehr als 2.500 Goldmünzen bei einem Aushub gefunden. Ellwanger war dabei. In der Nacht nach dem Fund wurde die Baugrube von der Bevölkerung regelrecht gestürmt. Ein paar angetrunkene Schatzsucher haben danach mit ihren gefundenen Münzen ihr Bier bezahlt und bis in den Morgen hinein weitergefeiert.«

»Das kann ich mir bei Ellwanger nicht vorstellen«, warf ich ein.

»Ich auch nicht«, gab sie zu, fügte aber etwas spitz an: »Das war vor über 20 Jahren. Kennen Sie Herrn Ellwanger aus dieser Zeit?«

Ich verzichtete, darauf zu antworten.

Frau Dr. Horsovsky berichtete weiter über die Sensation von Trier: »Glücklicherweise kamen in den nächsten Tagen ehrliche Finder mit Plastiktüten und Putzeimern voller Münzen zum Rheinischen Landesmuseum. Ein Aufruf in Presse, Rundfunk und Fernsehen hatte deutlich gemacht, dass niemand diese Goldmünzen einfach behalten kann. Gegen einen Finderlohn gaben sie ihre Schätze dann ab. Ob Ellwanger darunter war, weiß ich nicht. Jedenfalls besitzt er noch mindestens einen Aureus und beißt sich jetzt in seiner Idee fest, ausgerechnet in Schoppendorf sei eine römische Station gewesen, von der aus sogar die Vorverlegung des Limes durchgeführt worden sei. Aber hier gab es keine römischen Großstädte, schon gar nicht Metropolen wie Trier!«

Ich rutschte auf dem unbequemen Holzstuhl vor ihrem Schreibtisch hin und her und wusste nicht, wohin mit den Beinen. »Haben Sie denn seine Theorie überprüft?«

Nachsichtig schüttelte sie den Kopf. »Wie denn? Das Terrain ist für Luftbildarchäologie völlig ungeeignet. Sonst könnten wir mal drüberfliegen und schauen, ob sich im Boden irgendwelche Gebäudekonturen abzeichnen.« Sie beugte sich wieder nach vorne und erklärte: »Die Vegetation über solchen Fundamentresten ist spärlicher und das ließe sich auf den Fotos gut erkennen, aber jetzt ist es zu spät, außerdem – selbst vor Beginn der Bauarbeiten wären wir da kaum weitergekommen.«

»Ich dachte, solche Prüfungen werden bei allen großen Bauprojekten gemacht?«

»Sicher«, räumte sie ein, »wir haben auch die vorhandenen Unterlagen im Archiv, Fundberichte und so weiter überprüft.« Sie spielte wieder nervös mit ihrem Kugelschreiber. »Durch den Bau des Rangierbahnhofs vor über hundert Jahren ist dort so viel Erde bewegt worden, dass da keine Fundamentlinien mehr zu erkennen gewesen wären. Auch eine großräumige archäologische Bodenerkundung wäre kaum zu rechtfertigen gewesen.« Sie warf den Kuli auf den Tisch. »Wenn wir einfach so mir nichts, dir nichts auf dem künftigen Baugelände Suchgräben gezogen hätten – was meinen Sie, was da los gewesen wäre! Abgesehen davon, dass weder das Regierungspräsidium noch das Finanzministerium da mitgemacht hätten, hätten wir jede Menge Klagen der Bauherren am Hals gehabt, mit denen wir uns nicht auch noch beschäftigen können. Verstehen Sie? Uns sind die Hände gebunden.«

»Wieso Finanzministerium?«

»Die für den Denkmalschutz oberste Behörde«, klärte mich Horsovsky auf.

Ich wagte noch einmal einen Vorstoß. »Als ich gestern mit Herrn Ellwanger gesprochen habe, hatte ich den Eindruck, er wüsste sehr gut über die Römer am Limes Bescheid und ...«

»Das will ich ja gar nicht bezweifeln«, fiel sie mir ins Wort, »aber irgendwie werde ich den Verdacht nicht los, dass er in erster Linie mit allen Mitteln einen Baustopp erzwingen oder sogar das Projekt im letzten Moment noch zu Fall bringen will. Wohnt er nicht sogar auf dem Gelände? Anders kann ich mir seine Hartnäckigkeit in dieser hoffnungslosen Sache nicht erklären. Auch Ellwanger müsste wissen, dass es höchst unwahrscheinlich ist, in Schoppendorf, wo wir bisher keinerlei Aufsehen erregende römische Funde hatten, sei ausgerechnet auf dem Rangierbahnhofgelände ein Sensationsfund zu erwarten.«

Der harte Holzstuhl machte mich zunehmend

grätig. Auch das Gespräch behagte mir nicht mehr. Wie redete sie denn über einen ihrer ehrenamtlichen Mitarbeiter! So konnte ich ihr meine nächste Frage nicht ersparen: »Wenn Sie so skeptisch gegenüber Ellwanger sind, warum arbeiten Sie dann überhaupt mit ihm zusammen?«

Sie zögerte etwas, sah mich prüfend an, sichtlich überrascht von dem Ton, den ich nun angeschlagen hatte, strich sich wieder eine Haarsträhne aus ihrer Stirn und antwortete sanft: »Dafür gibt es zwei Gründe: Erstens ist es uns lieber, wir halten solche Schatzgräber wie Ellwanger etwas unter Kontrolle, und zweitens, wir sind ganz einfach auf sie angewiesen.«

»Wieso das denn?«

Sie seufzte. »Unsere Ausstattung mit Personalstellen wurde bei der letzten Sparaktion so zusammengestrichen, dass wir selbst kaum noch Geländegänge mehr machen können. Dafür brauchen wir dringend die Ehrenamtlichen, meist Rentner, die an Archäologie interessiert sind und die wir versuchen, so gut es eben geht, anzuleiten.«

Mit der S-Bahn zum Hauptbahnhof. Ich raste die Treppen hoch. Wenn ich mich beeilte, könnte ich den früheren Zug noch schaffen. Unbarmherzig zuckte der Sekundenzeiger der überdimensionalen Bahnhofsuhr vorwärts. Noch zwei Minuten! Ich hastete durch den düsteren Verbindungsgang durch das Baustellengelände zu den vorverlegten Bahnsteigen. Kein Zug! Da erklang die wohlbekannte Stimme durch den Lautsprecher: »Der Zug nach Schoppendorf hat etwa zehn Minuten Verspätung.«

Noch ganz außer Atem bremste ich ab, atmete kurz durch und schlenderte den Bahnsteig entlang. »Auch gut. *Wer die Zeit nutzt, hat Zeit gewonnen*«, dachte ich mir, zückte mein Handy und tippte die Kurzwahl von Rita an.

»... Ja, da war ich auch schon, hab eine ganze Menge erfahren ... Jetzt hör mal zu. Mein Zug kommt gleich. Hast du was zu schreiben? Ich hab den Namen der Bank, die mit der ›Happobau‹ und einem Architekturbüro im Planungskonsortium sitzt: ›Banca degli Angeli di Firenze‹, hast du das? ... Ja, genau. Recherchier doch mal ein bisschen. Vielleicht findest du zufällig einen Hinweis, ob da Silvio Mercadante nicht seine Finger drin hat ... Danke! ... Du, ich muss jetzt Schluss machen, da vorn kommt mein Zug. Bis nachher. Dann kann ich dir alles der Reihe nach erzählen.«

Der Zug war fast leer. Berufsverkehr würde frühestens in zwei Stunden einsetzen. Ich schaute aus dem Fenster und ließ die Vorstadtkulisse an mir vorüberziehen. Industriezonen, Wohnhäuser aus den letzten beiden Jahrhunderten, Schrebergärten. Das gleichmäßige Rütteln machte mich schläfrig. Waren da nicht Vadore, Engel, der Alte Fritz? Warum blickten sie mich so spöttisch an?

»Hat Ihnen die Denkmaltante einen Bären aufgebunden?« Ellwanger schüttelte erbost seine Faust.

»Die will bloß keinen Ärger!«, krächzte der Alte Fritz und lachte.

»Regierungspräsidium und Finanzministerium setzen sie unter Druck«, ereiferte sich Engel und kam mir mit seinem roten Gesicht immer näher. »Die Schnapsleiche«, rief er und hauchte mir seine Fahne ins Gesicht. »Die Schnapsleiche haben wir in Beton gegossen!« Er begann wild zu lachen, rüttelte mich an der Schulter und die drei anderen stimmten in sein infernalisches Gelächter ein.«

Ich fuhr hoch.

»Fahrkartenkontrolle!«, sagte der Beamte entschuldigend, als er sah, dass er mich geweckt hatte.

Was für ein blöder Traum! Aber haben nicht alle Träume irgendwo einen plausiblen Kern? Was ging da bloß in meinen Gehirnwindungen vor? Ich begann zu analysieren. Die Amtshierarchie von Landesamt für Denkmalpflege, Regierungspräsidium und Finanzministerium kam mir schon etwas merkwürdig vor. Sollte dafür gesorgt werden, dass wirtschaftliche Interessen bei Interessenskonflikten stets die Oberhand behalten würden? Hatte Schweikle nicht besonders hervorgehoben, dass das Landesamt für Denkmalpflege dem Regierungspräsidium unterstellt sei?

Ich schmunzelte. Die vier schlitzohrigen Rentner schienen mein Unterbewusstsein gehörig beeindruckt zu haben. Sie hätten die Leiche in Beton gegossen! Was für ein Unsinn!

Dann fiel mir das Gespräch mit dem langen Italiener ein. Eine italienische Bank als Geldgeber für das Schoppendorfer Riesenprojekt – konnte es Zufall sein, dass mir Mercadante von Florenz vorgeschwärmt hatte?

DONNERSTAGNACHMITTAG 24.9.

Auf dem Weg zu Ritas Büro stieß ich fast mit Nora Martini zusammen, der Gräfin, wie sie beim »Echo« scherzhaft, aber auch anerkennend genannt wurde, längst pensionierte ehemalige Chefredakteurin und Anteilseignerin des »Schoppendorfer Echos«.

»Heimweh nach dem ›Echo‹?«, begrüßte sie mich.

»Den Übeltäter treibt es an den Ort seiner Schandtaten zurück«, gab ich zurück.

»Wie stehen die Aktien, seid ihr weitergekommen?«, fragte sie neugierig.

»Kennst du Mercadante?«

»Den italienischen Komponisten aus dem Barock?«

»Nö, einen sehr lebendigen Juristen und Geschäftsmann, der vermutlich seine Finger im Schoppendorfer Bauprojekt hat.«

Sie überlegte einen Moment. »So ein großer, gut aussehender Schlacks mit ausgezeichneten Manieren?«

Als ich zustimmend nickte, fuhr sie fort. »Wenn ich mich nicht irre, wurde er mir unlängst beim Presseball in der Stuttgarter Liederhalle vorgestellt. Mehr weiß ich leider nicht von ihm – doch, halt: seine damalige Begleiterin kenne ich gut. Soll ich sie mal anrufen?«

»Aber sei vorsichtig«, bat ich sie.

»Keine Sorge«, lächelte sie verschwörerisch. »Ich kann sehr diplomatisch ein.«

Rita empfing mich triumphierend. »Du hast gute Vorarbeit geleistet. Ich hab nachgesehen und wurde fündig. Halt dich fest: Die ›Banca degli Angeli di Firenze‹ kam im Zusammenhang mit dem Finanzskandal der Vatikanbank in die Schlagzeilen. Sie wurde auch der Geldwäsche von Mafiaguthaben verdächtigt. Das Verfahren wurde dann aber aus zwielichtigen Gründen eingestellt. Und so was finanziert das Schoppendorfer Bauprojekt!«

»Und was ist mit Mercadante?«

Rita zögerte etwas. »Ich hab seinen Namen mehrfach im Zusammenhang mit dieser Bank in Florenz gefunden. Auch bei den Ermittlungen der Polizei gegen die Mafia in Florenz wurde sein Name einige Male genannt.«

»Silvio Mercadante als Mafioso – das kann ich mir beim besten Willen nicht vorstellen«, murmelte ich nachdenklich.

»Aber seine Rolle bei der ›Happobau‹ ist zumindest merkwürdig, das musst du schon zugeben«, wandte Rita ein. »Dir hatte er sich als Rechtsanwalt der Gläubigerbank vorgestellt. Das wäre dann ja wohl diese Banca, wenn sie mit im Boot des Planungskonsortiums sitzt. Gleichzeitig scheint Mercadante auch bei der ›Happobau‹ die Fäden zu ziehen.«

Sie stand auf, schenkte sich eine Tasse Kaffee ein, schaute mich fragend an und kam, als ich zustimmend nickte, mit zwei Tassen zum Tisch zurück, die Henkel in Zeigefinger und Mittelfinger der Linken, in der Rechten Milchdöschen und Zuckertütchen. Beides ließ sie geschickt auf den Tisch gleiten, um dann die Henkel der Tassen aus ihren Fingern zu lösen. Noch im Stehen begann sie zu sprechen, sah dabei auf mich herunter. »Übrigens ist die Mafia in Baden-Württemberg recht aktiv. Im Vergleich zu anderen Bundesländern sind hier am meisten Mafiosi unterwegs, knapp 200, schätzt man. Ich hab das gleich anschließend recherchiert. So bewusst war mir das gar nicht!« Sie verschränkte ihre Arme und lehnte sich mit dem Rücken an die Wand.

»Immer mal wieder liest man etwas davon in der Zeitung«, gab ich ihr recht. »Dann wundert man sich, ein bisschen Grusel ist vielleicht auch dabei, aber so richtig klargemacht hatte ich mir das auch noch nie.«

Rita fuhr ungerührt mit ihrem Vortrag fort: »Als die mächtigste Mafia-Organisation in Europa gilt die ›'Ndrangheta‹ aus Kalabrien. Man schätzt ihren Jahresumsatz auf über 50 Milliarden Euro.«

»Seltsamer Name, klingt eigentlich gar nicht italienisch.«

Sie klärte mich auf. »Die ›'Ndrangheta‹ stammt aus Kalabrien. Dort spricht man immer noch einen griechischen Dialekt, das ›Griko‹. Die griechischen Wörter ›Andros‹ für Mann und ›agathos‹ für ›gut‹ sollen in diesem Namen verschmolzen sein. Aber ich habe noch mehr gefunden. Neben Drogenhandel und Schutzgelderpressung steigt die ›'Ndrangheta‹ in letzter Zeit immer mehr ins Baugeschäft ein.«

Diesen merkwürdigen Namen hatte ich doch schon in einem anderen Zusammenhang gehört, überlegte ich und versuchte mich zu erinnern. Da war doch was mit dem Papst gewesen. »Genau!«, rief ich.

Rita schaute mich verwundert an. »Hast du auch schon davon gehört?«

»Nein, nicht im Zusammenhang mit dem Baugeschäft«, stellte ich richtig. »Mir ist nur gerade eingefallen, dass der Papst die Mitglieder der ›'Ndrangheta‹ vor Kurzem exkommuniziert hat. Seine Begründung hat mich damals etwas verwundert: Sie hätten die Straße des Guten verlassen. Als ob sie da jemals drauf gewesen wären!«

Rita ging nicht darauf ein. Sie überlegte. »Wenn die Mafia etwas mit der Betonleiche und dem Sprengstoffanschlag zu tun hat, dann doch eher, weil sie Mercadante und der ›Happobau‹ schaden will, aber weshalb?«

Ich schaute zu ihr hoch: »Dann haben wir es möglicherweise mit einem Bandenkrieg zu tun. Es gibt doch noch ein paar andere Mafiaorganisationen?«

Sie nickte. »In Baden-Württemberg sind noch die ›Stidda‹, die ›Camorra‹ und die ›Cosa Nostra‹ aktiv, Letztere ebenfalls im Baugeschäft. Ich hab auch versucht, was über diesen Hans Paul Pohl rauszukriegen, allerdings ohne Erfolg. Der taucht nirgends auf. Kein Adresseneintrag, keine Medienpräsenz – und das bei dieser großen Firma! Keinerlei Hinweise auf der Webseite von ›Happobau‹. Ich hab noch mal dort angerufen und wollte mir einen Termin bei ihm geben lassen, nur so als Test. Weißt du, was man mir gesagt hat? Hans Paul Pohl sei in nächster Zeit nicht zu sprechen. Seltsam, oder?«

Ich dachte kurz nach, während ich vorsichtig das Döschen öffnete und etwas Milch in meinen Kaffee goss. »Na ja, dafür kann es viele Gründe geben. Vielleicht ist er krank? – Oder er selbst ist die Betonleiche.«

Ritas eiskalter Blick über meinen Kalauer ließ mich erschauern. Sie ließ sich auf ihren Drehstuhl fallen und mixte ihren Kaffee.

Da streckte Susanne Friedle ihren Kopf zur Tür herein und lächelte mir liebevoll zu. Ihre meergrünen Augen trafen sich mit meinem Blick, als ich reflexartig zur Tür schaute. Nach einem Moment des Verharrens wandte sie sich an Rita, die missbilligend aufsah.

»Soll ich noch mal bei der Stadt anrufen wegen des Pressetermins?«

»Was für ein Pressetermin?«, brummte Rita. »Ach so, ja, die erste Versammlung der Bürgerinitiative.

Kannst du den Kalupke mitnehmen?« Sie wartete ihre Antwort gar nicht ab und fügte hinzu: »Wir sollten ihn ein bisschen unter die Fittiche nehmen. Zeig ihm mal, wie wir hier an so was rangehen.«

Susanne zog eine Schnute und schmollte. »Du weißt doch, ich kann den Armleuchter nicht ausstehen. Hat der nicht genug zu tun mit seinen Schrebergärtnern?«

Rita grinste. »Da haben wir doch noch einiges gemeinsam. Du sollst ja nicht mit ihm flirten. Der braucht nur einen kräftigen Tritt in den Hintern.«

Susanne grinste zurück. »Okay, Boss. Schaust du nachher noch mal kurz rein bei mir?«

Rita nickte, ohne sie anzusehen.

Als Susanne die Tür geschlossen hatte, sagte sie: »Übrigens, ich habe auch Kommissar Böckle angerufen, wegen der Detonation gestern und der gerichtsmedizinischen Untersuchung an der Leiche. Die Ergebnisse seien da, sowohl, was die Art des Sprengsatzes angeht, als auch die DNA. Aber er wand sich raus. Die Sache sei etwas kompliziert, er könne damit noch nicht an die Öffentlichkeit gehen. Auf eine handfeste Überraschung sollte ich mich schon mal gefasst machen.«

»Wer außer einem Mafioso, der Sabotage gegen die »Happobau« betreiben wollte, könnte den Sprengsatz gezündet haben?«

Rita nahm einen Schluck Kaffee und sagte:»Eigentlich nur jemand, der wieder die Aufmerksamkeit auf das Bauprojekt lenken will.«

»Aber dieser Jemand konnte doch nicht wissen, dass wir gerade vor dem Absperrband standen!«, hakte ich nach.

»Sicher nicht. Aber wie du selbst mir erklärt hast, wird er einen Zeitzünder benutzt haben. Wir waren so gegen halb sieben an der Baustelle. Da ist auf der Straße viel los. Du hast ja selbst gesehen, wie die Leute ihre Autos einfach stehen gelassen haben und zum Bauzaun gerannt sind.«

Es klopfte zaghaft an der Tür. Rita verdrehte die Augen und sagte leise: »Wetten? Kalupke! Der soll lauter klopfen oder gleich reinkommen, der Waschlappen.« Nach dem zweiten schüchternen Klopfen schlich sie zur Tür und riss sie auf. Kalupke blickte sie mit großen Augen erschreckt an.

»Entschuldigung, ich wollte nicht stören«, stammelte er.

»Herr Kalupke, Sie sind mein Mitarbeiter und haben ein Recht drauf, mit mir gelegentlich zu sprechen«, sagte sie sanft, »was haben Sie denn diesmal auf dem Herzen?«

Kalupke schielte zu mir hinüber, ich nickte ihm ermutigend zu, dann blickte er zu Ritas Schreibtisch: »Mein Artikel, den ich Ihnen doch heute Morgen …

»Ach Herrje«, unterbrach ihn Rita, »entschuldigen Sie, den hab ich bei dem Tumult ganz vergessen. Können Sie in 20 Minuten noch mal vorbeikommen?«

Kalupke nickte mit gespielter Fröhlichkeit: »Aber

ja doch, dann komm ich später noch mal vorbei, tschüss, bis dann, Frau Delbosco und Wiedersehen, Herr Niklas, schönen Abend noch!« Er hatte sich auf die Zehenspitzen gestellt und winkte mir über Ritas Schulter hinweg zu. Ich winkte fröhlich zurück.

Rita schloss die Tür und sagte leise: »So geht das Tag für Tag und ich kann ihn doch nicht wegen seiner übertriebenen und aufgesetzten Scheißfreundlichkeit zurechtweisen.«

Sie kramte auf ihrem Schreibtisch und zog ein Blatt hervor, das sie kopfschüttelnd kurz überflog. »Sein Artikel«, erklärte sie, »Eifrig, eifrig, aber kein Biss. Und das Foto erst! Engel und dieser Schrebergärtner grinsen nichtssagend in die Kamera!«

Dann versteifte sich ihr Blick. »Er zitiert hier diesen Vadore mit dem Satz: ›Der Baustopp muss kommen, so oder so.‹«

»Ja, ich erinnere mich, das hat er so gesagt«, stimmte ich zu, »mir ist diese Wendung auch aufgefallen.«

»So oder so«, murmelte sie. »Das heißt doch ›mit allen Mitteln‹, wenn nicht im Guten, dann eben …

»Mit Gewalt?«, fiel ich ihr ins Wort. »Man kann eine solche Redewendung auch überinterpretieren.«

Rita vertiefte sich noch einmal in den Artikel Kalupkes, dann legte sie ihn oben auf ihre Ablage. »Vermutlich hast du recht, aber ich streich das trotzdem. Gesetzt den Fall, Vadore hätte was mit der

Bombe zu tun, dann soll er sich lieber nicht so zitiert lesen. Aber wir sollten ihn im Auge behalten.«

»Der Alte Fritz«, schob ich nach, »hat der nicht gesagt, man sollte alles in die Luft sprengen?«

Rita lachte mich aus. »Traust du diesem schrulligen Tattergreis wirklich so viel kriminelle Energie zu?«

Ich verzichtete darauf, ihr von meinem merkwürdigen Traum zu erzählen.

FREITAGVORMITTAG 25.9.

Beim Frühstück schob mir Frau Eisele mit einem finsteren Blick die Zeitung zu. »Gucket Se, gleich auf der ersten Seite. Jetzt gibt's schon Bombenterror bei uns!« Entrüstet stach sie in ihr Brötchen und säbelte es auf.

»Ich war dabei, als sie hochging«, sagte ich ruhig und versuchte mich wieder in Ritas Artikel zu vertiefen.

»Jessas«, rief Frau Eisele erschrocken. Sie starrte mich fassungslos an.

»War ganz schön laut, ist aber weiter nichts passiert.« Ich biss in mein Marmeladebrötchen und wandte mich wieder dem Artikel zu. Frau Eisele beschäftigte sich kopfschüttelnd und grummelnd mit einer ihrer Brötchenhälften.

Rita schrieb von zwielichtiger Finanzierung des Bauprojekts, von Sabotage. Die Spuren führten nach Italien. Sie fragte nach den Hinterleuten der »Happobau« und äußerte den Verdacht, der Leichenfund und der Sprengstoffanschlag könnten Hinweise auf Machtkämpfe mafiöser Einflussgruppen bei diesem

Millionenprojekt sein. Ich stellte mir Mercadantes Gesicht vor, wenn er diesen Artikel las. Rita hatte ganz schön zugelangt.

Während Frau Eisele mir Kaffee nachschenkte, fragte sie ängstlich: »Meinet Se wirklich, hinter all dene furchtbare Sacha könnt die Mafia stecka? Hier bei ons in Schoppendorf?«

Ich beruhigte sie, das sei nur so eine Vermutung von Frau Delbosco, half ihr beim Abräumen und erkundigte mich nach unseren gemeinsamen Bäringer Freunden, um sie auf andere Gedanken zu bringen. Sie erzählte von ihrer Tochter und ihrem Schwiegersohn, von dem immer noch profilierungssüchtigen Bürgermeister und ließ warmes Wasser zum Spülen ein. Da düdelte mein Handy.

»Herr Niklas? Vadore hier. Ich sollte Sie anrufen, wenn es was Neues wegen unseres Protestmarsches gibt. Morgen ist es so weit. Wir beginnen gerade, alles vorzubereiten.«

Ich war ganz froh, dem Abtrocknen entrinnen zu können, und rief ins Handy: »In zehn Minuten bin ich bei Ihnen.«

Das Fahrrad von Eisele junior stand im Keller unter der Treppe. Ich trug es nach oben und sauste los.

Gegen halb neun kam ich beim Lagerschuppen »Abstellgleis« vorbei. Die Bauzäune in der Umgebung waren umgeworfen, unter der Rampe lagen Einkaufswagen eines nahen Supermarktes, überall leere Bierdosen und Wodkaflaschen. Na, da war wohl gestern Nacht einiges los gewesen. Irgendetwas trieb mich dazu, vom Rad zu steigen und nachzusehen.

Die Schiebetür des Schuppens stand einen Spalt offen. Ich kletterte auf die Rampe und näherte mich vorsichtig. Scharfer Mief nach Schnaps und Erbrochenem schlug mir entgegen. Vorsichtig blickte ich durch den schmalen Spalt. Im Halbdunkel des weit in die Tiefe gehenden Lagerraums erkannte ich in einer Ecke einige Schlafsäcke, hörte leises Schnarchen. Allmählich begannen sich meine Augen besser an das Dämmerlicht zu gewöhnen. In einer anderen Ecke standen einige alte Möbelstücke, ein Sofa, zwei Sessel, ein Tisch, wohl vom Sperrmüll. Daneben auf dem Boden gegen die Wand aufgestapelt jede Menge Zigarettenpackungen. Waren es 500? Oder an die 1.000? Wo kamen die her? Das war ja ein Vorrat für Monate!

Drüben bewegte sich ein Schlafsack. Bevor da einer wach wurde, wollte ich mich lieber zurückziehen. Vor der Rampe stand mein Fahrrad. Sollte ich runterspringen und mich so schnell wie möglich davonmachen? Um jeden Lärm zu vermeiden, schlich ich lieber die zehn Meter zur Treppe am Ende der Rampe. Kaum hatte ich die letzte Stufe erreicht, hörte ich ein Rumpeln. Die Schiebetür! Da war doch einer wach geworden! Um schnell außer Sicht zu kommen, witschte ich um die Ecke des Schuppens.

Aber mein Rad! So wie es dastand, würde es mich verraten! An der Rückseite des Schuppens schlich ich mich zu den umgeworfenen Bauzäunen und stieg auf der anderen Seite über sie hinweg in Richtung Straße. Vielleicht war der Typ inzwischen schon wieder drin?

»Ey, Alter, was machst du da?«

Ich drehte mich langsam um. Auf der Rampe stand ein Hüne und stierte mich an. Mindestens zwei Meter groß und breit wie ein Fass. Schwarze Jeans in schwarzen Lederstiefeln, schwarzes T-Shirt, schulterlange dunkelblonde Locken, gerötetes Gesicht mit Piercing an Nase und Augenbrauen.

»Isch hab disch was gefragt«, legte er nach und streckte mir mit einer ruckartigen Bewegung sein Kinn entgegen.

Ich stand unten vor der Rampe und schaute zu ihm hoch. Jetzt ganz cool bleiben, sagte ich mir, ging langsam auf mein Rad zu, antwortete gleichmütig: »War kurz hinterm Schuppen, musste was erledigen« und stieg auf.

»Lass dich bloß hier nie wieder sehen, Alter«, brüllte mir der Gorilla nach.

Bei Ellwangers Häuschen ließ ich das Rad stehen und ging die letzte Strecke auf dem holperigen Grasweg zu Vadores Garten zu Fuß. Am Zaun lehnten schon die ersten fertigen Tafeln: »Wir bleiben hier!«, »Nicht mit uns!«, »Blumen statt Beton!«

»Nicht sehr originell!«

Ich fuhr herum. Susanne lächelte mich an. »Hast du was anderes erwartet? Super, dass wir uns hier treffen, dann können wir uns ja gemeinsam anschauen, was die Leutchen für morgen sonst noch alles vorbereiten.«

Sie hängte sich bei mir ein, umschloss ihre Linke mit der Rechten und drängte mich zur Gartentür.

Vadore kam uns entgegen. »Schön, dass Sie gleich gekommen sind.« Er wies mit ausladender Geste auf die Nachbarn in seinem Garten. »Jetzt sind wir erst 20. Morgen bringt jeder seine Familie und seine Freunde mit. Sie werden sehen, das wird eine Riesendemo!«

Er führte mich und Susanne zu seinen Kollegen und stellte uns vor. Die Schrebergärtner lächelten etwas amüsiert, als sie bemerkten, wie ich etwas ungelenk versuchte, meinen Arm aus Susannes Klammer zu lösen. Vadore half mir dabei, indem er Susanne beiseitenahm und sie zu Ritas Artikel befragte. Dann führte er sie zu seinem Gartenhäuschen.

Ich blieb zurück und schaute mich suchend um. Ellwanger und Engel waren nicht unter den Leuten. Auch den alten Fritz vermisste ich. Nachdenklich schlenderte ich Susanne und Vadore hinterher.

»Morgen sind sie alle dabei«, versicherte Vadore, der meinen suchenden Blick wohl bemerkt haben musste, und wies mit seiner ausgestreckten Rechten einladend auf eine Bank vor seiner Laube. »Haben Sie ein bisschen Zeit mitgebracht?«

Was er denn von der Explosion von vorgestern Nachmittag hielte, fragte ihn Susanne beiläufig, als wir uns setzten.

Vadore lachte und klatschte in die Hände. »Die kam genau zur rechten Zeit. Knalleffekt, sozusagen. Dieses Medienecho so kurz vor unserer Demo wird Aufsehen erregen. Heute Nachmittag verteilen wir Handzettel in der Fußgängerzone und rufen dazu auf, morgen bei uns mitzumarschieren. Engel ist gerade im Copyshop und vervielfältigt sie.«

Susanne tippte mit ihrem Zeigefinger auf seine Brust. »Haben Sie keine Angst, dass man Sie mit der Detonation auf der Baustelle in Verbindung bringen wird?«

»Die Polizei war schon da«, grinste Vadore. »Aber Ernst beiseite – würden Sie uns friedlichen Kleingärtnern so was zutrauen?«

Er erzählte von seinen Freunden, wie sie hier zu einer verschworenen Gemeinschaft wurden, jeder helfe dem anderen, wo es nötig sei. Man arbeite zusammen, aber man feiere auch miteinander.

Susanne unterbrach ihn mitten im Schwärmen. Wie er denn Manfred Ellwanger kennengelernt habe?

Vadore dachte kurz nach. »Das ist schon eine Ewigkeit her. Wir sind beide in Horb aufgewachsen, dort gemeinsam in die Schule gegangen – ich als

Gastarbeiterkind, das anfangs kaum Deutsch sprach. Aber er und seine Familie haben mich das nie spüren lassen. Er wurde mein bester Freund – und ist es bis heute geblieben. Als er dann zum Studium nach Berlin ging, verloren wir uns aus den Augen. Ich besuchte die Verwaltungsschule in Stuttgart. Dann haben wir uns zufällig wieder in Schoppendorf getroffen, ist schon über 30 Jahre her. Bei der Arbeit wurden wir Kollegen und an den Wochenenden sind wir meistens hier draußen zusammen. Ich helfe ihm bei seinem Rosengarten und er erzählt mir von den Römern. Wissen Sie, die gemeinsame Arbeit in den Gärten durch die verschiedenen Jahreszeiten hindurch, das schweißt zusammen.«

Ob er auch den alten Fritz schon so lange kenne?

»Ich glaube, den gibt's hier schon so lange, wie es die Anlage gibt.«

Sie schoss bereits ihre nächste Frage ab. »Was hat er denn davor gemacht?«

Chemiker sei er gewesen, erzählte Vadore, in der Forschung und Entwicklung, bis er einen schweren Unfall hatte.

»Betriebsunfall?«

Vadore nickte. »Beim Experimentieren ist sein halbes Labor in die Luft geflogen. Er selbst war schwer verletzt und hat Jahre gebraucht, bis er sich wieder einigermaßen richtig bewegen konnte. Immer wieder Operationen! Körperlich ist er längst wieder fit, aber da oben …« Vadore machte eine kurze kreisende

Handbewegung vor seiner Stirn und zuckte die Schultern, dann kratzte er sich am Kopf und überlegte: »Das muss jetzt aber auch schon über 30 Jahre her sein. Seit seinem Unfall ist er in Rente, widmet sich seinem Namensvetter und lebt von Brombeerblättern, Haselnüssen, Brennnesseln und was er so alles in seinem Garten anbaut. Als ich hier meinen Garten übernahm, war er schon da und längst pensioniert.«

Sie kam zum Punkt: »Dann hat er wohl mit Sprengstoffen Erfahrung?«

Vadore stutzte einen Augenblick, schaute Susanne prüfend an, dann winkte er ab. »Sie meinen doch nicht, er könnte die Bombe gebastelt haben? Er ist vielleicht ein bisschen sonderbar seit seinem Unfall, zugegeben, aber dumm ist er nicht und gewalttätig auch nicht. Nein, ich denke, Ihre Kollegin hat in Ihrem Zeitungsartikel schon auf die richtige Spur hingewiesen. Bei solchen großen Bauprojekten geht's um harten Konkurrenzkampf, Sabotage, die eine Firma möchte die andere ausbooten. Es war damals ja ganz knapp, dass die »Happobau« den Zuschlag bekam.« Er machte eine Pause, dann fügte er mit weisem Lächeln hinzu: »Wissen Sie, wir Kleingärtner haben solche Aktionen nicht nötig. Die Zeit spielt für uns.«

Wie er das meine?

Vadore trat erstaunlich selbstsicher auf. Wollte er Susannes Berichterstattung im »Echo« beeinflussen? Welche Taktik verfolgte er dabei?

Vadore antwortete ihr: »Über Kurz oder Lang hat sich das Projekt totgelaufen. Davon bin ich felsenfest überzeugt. Schauen Sie: Die Baufirma wird langsam mürbe. Der Oberbürgermeister muss sich immer mehr mit den unzufriedenen Schoppendorfern auseinandersetzen, muss befürchten, dass seine Rolle, die er bei der Baugenehmigung gespielt hat, genauer unter die Lupe genommen wird, die Presse ist auf uns aufmerksam geworden, das Denkmalamt hat zunehmend Mühe, zu erklären, warum es gegen einen Baustopp ist – ich könnte Ihnen noch zig weitere Gründe nennen.«

Geschickt eingefädelt, dachte ich mir. Wenn Susanne das tatsächlich so brachte, sah der OB alt aus!

Vadore schaute hastig auf die Uhr. »Mama mia! Gleich zwölf und ich hab noch kein Mittagessen für meine Gäste! Entschuldigen Sie, ich muss noch in die Metzgerei, zur Bäckerei und zum Getränkemarkt.«

Wollte er das Gespräch beenden? Fühlte er sich am Ende doch von Susannes Fragen bedrängt?

Er wandte sich um, machte sich auf den Weg, blickte noch einmal kurz über die Schulter zurück: »Sie können ruhig noch hierbleiben und sich umschauen. Übrigens – heute Abend treffen wir uns alle im Kapuzinerkeller. Ellwanger und Engel werden auch da sein. Wenn Sie Lust haben, kommen Sie doch so gegen halb acht vorbei!«

»Hast du alles mitgeschrieben?«, fragte mich

Susanne schnippisch, als Vadore abgerauscht war, und stand auf.

»Das ging alles so rasch«, lachte ich etwas verlegen, da ich bei diesem Schnellinterview gar nicht zum Zuge gekommen war.

»Der Fall liegt ja wohl klar«, meinte Susanne, drehte sich um und zog grußlos davon. Sie ließ mich einfach sitzen.

Ich stand auf und schaute mir noch einige Transparente an. »Flieder statt Geldfieber«, »Friedenszeichen statt Betonleichen«, »Einsatz für den Bürgerpark macht den Bürgermeister stark!« Diese Plakate gefielen mir schon besser! Eine Frau mit kurzen grauen Haaren und entschlossenem Gesicht malte in der Hocke die Buchstaben gekonnt mit roter Farbe auf die weiß vorgestrichene Hartfaserplatte. Als ich neben ihr stand, federte sie hoch und lächelte mich an.

»Hallöle, Margarete Kellermann«, stellte sie sich vor und streckte mir ihren rechten kleinen Finger entgegen. Den Pinsel behielt sie in der Hand. Die Farbe begann am Stiel herunterzulaufen. Ich ergriff vorsichtig ihren Finger und deutete ein Händeschütteln an. »Aber Sie dürfen gern ›Marga‹ sagen, das sagen hier alle zu mir.«

»Haben Sie hier auch einen Garten?«

»Gleich nebenan.« Sie zeigte mit dem Pinsel über Vadores Gartenzaun hinweg auf das Nachbargrundstück.

Da kam ein beleibter Senior in kurzen Hosen und mit Baseballmütze auf uns zu.

»Des isch mein Mann«, stellte ihn Marga vor, »der Herbert.«

Ich schüttelte Herbert über den Gartenzaun hinweg die Hand, während Marga die fertigen Plakate nahm und vorsichtig zu den anderen brachte.

»Nette Nachbarschaft haben Sie hier«, begann ich in freundlichem Ton. »Aber die Jungs da drüben in dem alten Lagerschuppen – kommen Sie denn mit denen zurecht?« Ich berichtete ihm kurz von meiner Begegnung an der Rampe, ohne auf weitere Details einzugehen, erwähnte aber den Typen, der mich angemacht hatte.

»So ein großer, Dicker, der aussieht wie Obelix als Rocker?«

Ich hätte ihn nicht treffender beschreiben können und nickte zur Bestätigung.

»Des war der Dave, do habet Se Glück g'habt, dass er no net auschglofa war. Der kann g'fährlich werda.«

Er berichtete mir von diesem Burschen, der wohl der Boss einer ganzen Bande von jugendlichen Kleinkriminellen war. Vor ein paar Monaten hätte ein Streetworker in dem Schuppen einen Jugendtreff eingerichtet. Das habe auch ganz gut funktioniert, aber dann habe er gehen müssen, die Stadt hatte dafür kein Geld mehr. Die jungen Leute seien geblieben und hätten sich einen eigenen Häuptling gesucht. Von Zeit zu Zeit käme mal die Polizei vorbei und anscheinend hätten sich beide Seiten inzwischen aneinander gewöhnt.

Daher wehte der Wind! Die Zigarettenpackungen waren wohl das Diebesgut der vergangenen Nacht. Deshalb war dieser Dave vorhin so ungnädig zu mir!

»Machen die Ihnen keine Probleme?«, fragte ich Herbert Kellermann.

»Meistens geben sie Ruhe und nachts, wenn sie Radau machen, sind wir ja selten da.« Er lächelte verschmitzt und sagte: »Wir haben unterschiedliche Zeitfenster. Wir sind tagsüber aktiv, die sind nachtaktiv. Schwierig werdet se erscht, wenn se so einiges intus habet, meischt so gegen zwei in der Nacht. Wenn mer draußa im Garta übernachtet, kann's eim scho anders werda. Die macha an Radau, des könnet Se sich gar net vorschtella. Ab und zu klauet se was aus de Gärta. Aber sie treibet's nie zu bunt, sie wisset ja, dass mir glei drauf kommet, wer's war un ihna d'Polizei schicka kennet. Dass sie so nah bei uns ihrn Treff habet, schützt uns au irgendwie vor ihne, so absurd des au klingt.«

»Und dieser Dave?«, fragte ich nach.

Herbert kratzte sich am Hinterkopf, senkte seine Stimme und sagte leise. »Der isch echt kriminell. Dass die Buba dem so ausgliefert sen, des dürft net sei.«

FREITAGABEND
25.9.

Der Kapuzinerkeller ist ein uriges Weinlokal in der Altstadt von Schoppendorf. Mehrere Gewölbekeller, die schon vor Jahrhunderten zur Lagerung riesiger Holzfässer voll mit Schoppendorfer Wein gedient hatten, waren durchbrochen und miteinander verbunden worden, sodass sich ein Labyrinth von Gängen und Gewölbenischen für gemütliche Sitzecken ergab. Die Atmosphäre wurde durch eine Ansammlung von Weingärtner-Arbeitsgerät aus längst vergangener Zeit noch getoppt. Butten, Käzen, Karsthacken, Rätschen und jede Menge Fassböden, teilweise kunstvoll geschnitzt, zierten die Wände. Bänke und Tische aus klobigem Holz, blank poliert, erinnerten an eine riesige Besenwirtschaft.

Als ich die Treppenstufen zum Eingang hinunterstieg, schlug mir bereits die kühle, weingeschwängerte Luft entgegen und als ich die Tür öffnete, hörte ich sie schon lautstark diskutieren. Engel entdeckte mich gleich und rief mich an den Tisch, um den sich die Gruppe vom Vormittag drängte.

»Herr Niklas, kommen Sie rüber, wir rücken ein bisschen zusammen.«

Ich quetschte mich in die Bank neben Engel und bestellte mir einen Trollinger.

»Haben Sie schon gehört, wer die Betonleiche sein soll?«, fragte mich Engel.

Ellwanger saß mir gegenüber und platzte heraus: »Des soll der Happo-Bauchef höchscht persönlich sei.«

»Hans Paul Pohl?«, fragte ich nach.

Ellwanger nickte. »Der isch seit Tagen schburlos verschwunda. Er soll zletscht mächtig unter Druck gschtanda sei. Kurz vor der Pleite. Von der Mafia hat er sich Geld g'lieha, um seine Löhn zahle zu könne. Irgendwann war Schluss mit luschtig. Es hat an Riesakrach geba, als ihm seine Partner auf d'Schlich komma sen. Dann hen die von der Mafia ihn umbrocht und im Beto versenkt.

»Moment mal«, warf ich ein. Was soll die Mafia für ein Motiv haben, ihren Schuldner umzubringen?«

»Weil er drauf und dran war, zur Polizei zu gehen«, erklärte Engel. »Dann wäre alles aufgeflogen. Er hat den Stress einfach nicht mehr ausgehalten.«

»Und was wird jetzt aus dem Bauprojekt?«

Engel grunzte. *»Der Mensch denkt, das Geld lenkt.* Seine Firma gehört größtenteils der Bank, die mit im Planungskonsortium sitzt, und diese wird entsprechende Sicherheiten haben.«

Ellwanger stand auf, hieb mit der Faust auf den Tisch. »Und diese Planungsgruppe, die jetzt nur noch aus der Bank und einem Architekturbüro besteht, wird weiterbauen.« Er hob seinen Zeigefinger, sein Gesicht lief rot an, und rief erregt: »Aber wenn bewiesen wird, dass Pohl von Mafialeuten umgebracht worden ist, dann wird es einen solchen Skandal geben, dass die Bauarbeiten nicht weitergeführt werden können.«

Engel winkte ab. »Fürs Erste vielleicht nicht. Aber ich fürchte, dann würden die Herren und Damen Planer schnell zwingende Argumente liefern, die der Stadt klarmachen, dass das Projekt unbedingt weitergebaut werden muss. Außerdem – noch ist ja nichts bewiesen.«

Ellwanger seufzte und ließ sich auf die Bank zurückfallen. »Ich ahne es: Der Oberbürgermeister und der Stadtkämmerer werden einknicken. – Cicero hatte recht: *Keine Festung ist so stark, dass sie Geld nicht einnehmen kann*«.

»Und die Identität der Leiche steht fest?«, hakte ich nach.

Engel zuckte die Schultern. »Es soll durchgesickert sein.«

»Sagt wer?«

»Einer von unseren Schrebergärtnern hat einen Schwager bei der Polizei.«

»Wenn euch da nicht die Fantasie durchgegangen ist«, meinte ich lakonisch.

»Isch des Ihr Handy, des do so vor sich hindudelt?«, fragte Ellwanger, der sich wieder beruhigt hatte.

Ich griff in die Tasche. Anruf von Rita.

»Ich versteh' dich hier unten ganz schlecht ... Was soll ich? ... Jetzt noch in die Redaktion kommen? ... Ja ... doch. Also bis dann.«

Engel grinste: »›Echo‹ am Abend. Die rasenden Reporter – immer im Dienst!«

Ich gab ihm einen Fünf-Euro-Schein, er versprach, für mich meinen Trollinger zu bezahlen. Ich winkte zum Abschied in die Runde und machte mich auf den Weg.

Wenn ich Rita richtig verstanden hatte, gab es wichtige Neuigkeiten, die sie mir unbedingt heute Abend noch mitteilen musste. Ich schwang mich aufs Rad, wollte gerade losfahren, aber irgendwas stimmte nicht. Ich schaute zum Vorderreifen – platt wie 'ne Flunder, auch hinten – völlig platt. Irgendjemand musste mir die Luft aus den Reifen gelassen und gleich die Ventile mitgenommen haben. Wer macht denn so was? Es blieb mir nichts anderes übrig, als mich zu Fuß auf den Weg zu machen.

Sollte ich Rita anrufen und meine Verspätung ankündigen? Ich fingerte in meiner Jackentasche, dann in der Hosentasche, aber mein Handy fand ich nicht. Hatte ich es in der Eile im Kapuzinerkeller vergessen? Also noch mal zurück. Ein fröhliches Hallo empfing mich. Das sei aber – selbst für einen rasenden Reporter – erstaunlich schnell gegangen. Ellwanger reichte mir wortlos mein Handy.

Ich stürzte wieder die Treppen hinauf, versuchte Rita zurückzurufen, aber sie ging nicht ran. Also ließ ich das Fahrrad einfach stehen, marschierte los.

Susannes plötzliches Verschwinden am Vormittag bei den Schrebergärtnern bescherte mir Kopfzerbrechen. Im Kapuzinerkeller war sie auch nicht erschienen. Einmal die Freundlichkeit in Person, dann wieder eisig – wer sollte das verstehen?

Die Geschichte mit Hans Paul Pohl als Betonleiche, ziemlich schräg und wenig glaubhaft. Was sich in der Gerüchteküche so alles zusammenbraut! Neue Ventile müsste ich mir morgen besorgen.

Rita war gerade dabei, in ihren Alfa zu steigen. »Da bist du ja endlich«, sagte sie ungeduldig und schloss ihren Wagen wieder ab. Ich schilderte ihr meine Notlage, aber sie reagierte überhaupt nicht drauf, sagte stattdessen: »Du wirst es nicht fassen. Die Sache wird immer rätselhafter.«

Auf dem Weg in ihr Büro erzählte ich ihr von der Theorie des Kleingärtner-Stammtischs. Rita prustete vor Lachen. »Na, die werden sich wundern, wenn sie morgen Zeitung lesen. Sie schaute mechanisch auf die Uhr. »In spätestens einer halben Stunde muss ich den Artikel zum Setzen geben. Ich hätte ihn von zu Hause rübergemailt, aber jetzt kann ich das ja von meinem Büro aus machen.«

Als sie die Tür hinter sich geschlossen hatte, legte sie los. »Halt dich fest. Kurz und knapp: Das Untersuchungsergebnis aus der Gerichtsmedizin ist da – wenigstens teilweise. Die Identität der Leiche bzw. die *Identitäten* haben sie noch nicht herausgefunden. Heute Nachmittag habe ich Kommissar Böckle angerufen. Erst wollte er sich rausreden. Aber als ich ihm damit gedroht habe, seine Hinhaltetaktik der Öffentlichkeit gegenüber zum Thema meines nächsten Artikels zu machen, hat er endlich ausgepackt.«

Sie spannte mich wieder mal auf die Folter. »Ja, was jetzt? Kurz und knapp: Red mal Klartext.«

Rita grinste. Meine Neugier schien sie zu amüsieren. Sie kostete sie geradezu aus! Dann stellte sie nüchtern fest: »Die beiden Beine haben eine unterschiedliche DNA.«

»Geht denn das?«, fragte ich konsterniert.

»Wohl in Biologie nicht aufgepasst?«, frotzelte sie. Sie drohte mit dem Zeigefinger. »Du hast mir gerade auch nicht richtig zugehört. Ich sagte gerade: die *beiden* Beine. Das heißt, es gibt gar keine Leiche. In diesem Betonblock steckten nur Beine – und die stammen von unterschiedlichen Personen.«

Jetzt begriff ich: »Das heißt also, dass der oder die Täter gar keine Leiche im Beton verschwinden ließen? Sie haben die Sache so inszeniert, dass es aussehen soll, als liege hier eine Leiche. Aber woher hatten sie die Leichenteile?«

»Das können sie dir persönlich sagen, wenn wir sie ausfindig gemacht haben«, meinte Rita. In ihrer Stimme war ein Anflug von Spott nicht zu überhören. »Wir wissen schon eine ganze Menge über sie. Erstens, das hast du eben selbst gesagt, es war eine Inszenierung, die Aufmerksamkeit erregen und vermutlich einen weiteren Baustopp herbeiführen sollte. Zweitens: Sie haben gewusst, wie sie sich die Beine beschaffen konnten. Drittens: Sie haben nicht weit genug vorausgedacht, sonst hätten sie damit rechnen müssen, dass ihre Inszenierung schnell entlarvt würde.«

»Vielleicht haben sie das in Kauf genommen oder sogar bezwecken wollen?«

»Was sollte dann das ganze Theater? Einen längeren Baustopp können sie so doch nicht bewirken!«

»Aber vielleicht Zeit gewinnen!«

»Wofür?«

Ich musste passen. Dann erzählte ich ihr mein Erlebnis beim »Abstellgleis«.

Rita nickte. »Ein Trauerspiel. Wir haben vor Monaten darüber berichtet. Da versucht mal ein engagierter Sozialarbeiter was Vernünftiges zu machen und dann wird seine Stelle gestrichen, Ich kenne ihn gut. Er wird jetzt zur Betreuung von Obdachlosen gebraucht, auch wichtig. Aber die jungen Leute hängen jetzt alleine rum und saufen sich regelmäßig voll.«

»Alleine?«, unterbrach ich sie. »Wie mir ein Kleingärtner erzählt hat, scheint sie dieser Dave zu Einbrüchen zu missbrauchen. Die Zigaretten im Schuppen waren sicher nicht gekauft.«

Rita nickte wieder. »Zurzeit hat die Polizei mit Automatenknackern in der ganzen Region zu tun, auch Lieferwagen wurden aufgebrochen, die die Automaten nachfüllen. Da sollten wir der Polizei einen Tipp geben.«

»Übrigens – wir haben Post bekommen!« Sie zeigte mir einen Brief, handgeschrieben, mit Bleistift, in Druckbuchstaben. »An die verehrten Herren und Damen Redakteure: Stecken Sie Ihre Nase nicht überall rein. Das ist ein gut gemeinter Rat. Angelo.«

»Angelo – das italienische Wort für ›Engel‹. Glaubst du, der Brief stammt von Engel?«

Rita musterte mich mitleidig. »Der wird doch seinen anonymen Brief nicht mit seinem eigenen Namen unterschreiben!«

»Oder Mercadante? Seine Bank hat ja diesen seltsamen Namen: ›Banca degli Angeli di Firenze‹.«

»Den würde ich auch für etwas intelligenter halten, als uns eine solche heiße Spur zu liefern, aber vielleicht jemand, der den Verdacht auf ihn lenken will.«

»Angelo … das hab ich doch vor Kurzem schon mal von jemand anderem gehört. Verdammt, ich komm nicht drauf. Wie wurde der Brief denn übermittelt?«

»Der Zettel steckte zusammengefaltet unter meinem Scheibenwischer.«

Sie erzählte mir ausführlich, wie sie ihn kurz vor ihrem Anruf bei mir gefunden hatte: »Ich war gerade auf dem Weg zum Parkplatz, dann hat Kalupke angerufen, wegen der Demo morgen. Er bräuchte die Kamera, die sei noch in meinem Büro. Also bin ich noch mal zurück. Kalupke hat die ganze Zeit auf mich eingequatscht, hat gedauert, bis ich mich losmachen konnte, ich komm zurück zum Parkplatz und da bemerke ich den Wisch. Gerade noch sehe ich jemanden wegrennen. Merkwürdige Kleidung, weiße Hose, rote ärmellose Jacke und rote Mütze, er hat fast ausgesehen wie ein Fastnachtsnarr.«

»Ziemlich auffällig als Tarnung.«

»Vielleicht habe ich mich auch geirrt und es war ein Sanitäter«, überlegte Rita.

»Ein Sanitäter, der gerade anonyme Briefe austrägt und sich Angelo nennt. Ganz schön schräg«, spottete ich.

»Er oder sie rannte über den Hof und verschwand hinter einer Hecke«, erinnerte sich Rita. »Ich wär dem Narrenkostüm vielleicht nachgerannt, aber da hat gerade Susanne auf dem Handy angerufen.«

»Apropos Susanne«, begann ich, »habt ihr euch wieder angenähert?«

Rita warf ihren Kopf in den Nacken und musterte mich. »Wieso?« fragte sie resolut.

»Nur so«, wich ich aus.

Rita nahm tief Luft und hielt mir eine Rede über das esoterische Umfeld in Susannes Wohngemeinschaft, das sei gar nichts für Susanne, wo sie doch sowieso schon so flatterhaft sei. Sie müsse alles tun, um sie da loszueisen, das sei sie einer langjährigen Kollegin einfach schuldig. Mehr sei da nicht.

»Ja klar«, grinste ich.

Rita schaute hastig auf ihre Uhr, dann schlug sie sich mit der flachen Hand an die Stirn. »Jetzt habe ich doch glatt den Drucksatz vergessen.« Sie griff zum Telefonhörer, wählte, wartete, jammerte: »Niemand mehr da. Schade, der Artikel hätte so gut auf die Lokalseite der Samstagsausgabe gepasst.«

»Vielleicht besser so«, sagte ich. »Die Schrebergärtnerdemonstranten werden dir nachträglich noch dankbar sein. Du hättest Ihnen mit deinem Artikel glatt die Schau gestohlen.«

SAMSTAG 26.9.

Wir erwarteten den Demonstrationszug gegen halb elf vor dem Rathaus. Rita hatte am Morgen, zwei Stunden vor dem Beginn der Demo, das Pressegespräch im kleinen Ratssaal kurzfristig organisiert, hatte Kalupke und Susanne in ihre Rollen eingewiesen, wollte selbst die Moderation übernehmen. Auf Wunsch der Stadtverwaltung und der Polizei war unter den Beteiligten vereinbart worden, weder die Betonleiche noch die Explosion am Rande der Baugrube zu erwähnen und sich schwerpunktmäßig auf die Forderungen der Kleingärtner zu konzentrieren.

Neben der Presse waren auch Rundfunk und Fernsehen vor Ort. Ich hatte noch am Freitagnachmittag meine Kollegen aus Stuttgart ausführlich über die Sachlage instruiert und ihnen Hinweise für das anschließende Interview mit dem OB gegeben, hatte Ellwanger und Engel informiert, die als Sprecher der Demonstranten auftreten sollten.

Dann kamen sie – mit Blasmusik, Pauken und Trompeten! Allerdings nicht live auf eigenen Instrumenten, sondern über eine Lautsprecheranlage, die auf einem Handkarren montiert war. Einige Hundert Leute waren zusammengekommen, ganze Familien mit ihren Kindern. Der Autoverkehr auf der Kaiserallee war weiträumig abgesperrt.

Vor dem Rathaus mischten sich unzählige Schoppendorfer unter die Demonstranten, vor allem Neugierige, die ihren Samstagseinkauf gerne unterbrachen, um dem seltsamen Schauspiel beizuwohnen und die Transparente der Schrebergärtner zu begutachten.

Nachdem die Kameras von Rundfunk und Fernsehen ausführlich die Menschenmenge auf dem Rathausplatz gefilmt hatten, schwenkten sie auf den Rathausbalkon, wo Engel die Demonstranten über das für die Rede des OB vorbereitete Mikrofon lautstark begrüßte. Schließlich erschien auch der OB auf dem Rathausbalkon, kurzfristig von Engel schwungvoll angekündigt, redete höchstpersönlich zu seinen »lieben Mitbürgerinnen und Mitbürgern«, versuchte zu beschwichtigen, man sei intensiv dabei, nach Lösungen zu suchen, versprach den Kleingärtnern, man werde ein geeignetes Ersatzgelände für sie finden, was erzürnte Buh-Rufe auslöste.

»Das dauert doch Jahre, bis da was wächst!«

»Wir können nicht einfach neu anfangen.«

Mit rudernden Armen versuchte der OB, die Menge zu beschwichtigen. Die Stadt würde den Betroffenen bei der Anlage der neuen Gärten mit ihren Bauhofmitarbeitern und ihrem Fuhrpark großzügig unter die Arme greifen. Aber die aufgeheizte Stimmung ließ ihn kaum zu Wort kommen.

»Wir wollen den Bürgerpark und unsere Gärten!«

»Keine Macht den Baulöwen!«

»Kein Kniefall vor dem großen Geld!«

»Die Stadt soll endlich Schluss machen mit diesem Projekt, das keiner haben will!«

Ein schrilles Konzert mit Trillerpfeifen ließ seine letzten Worte untergehen.

Mit deutlicher Verspätung begann die Pressekonferenz. Der OB zeigte sich sichtbar verärgert über den Verlauf der Kundgebung und setzte sich mürrisch an seinen Platz.

Rita eröffnete die Runde, dann nahmen Kalupke und Susanne den OB ins Kreuzverhör, der sich immer mehr ereiferte. Vor allem Susannes Fragen machten ihm zu schaffen – und die Tatsache, dass auch hier das Fernsehen mit den Kameras dabei war. Schließlich redete er nur noch mit Kalupke und ließ Susannes Fragen einfach an sich abprallen.

Ellwanger und Engel wurden anschließend als Sprecher der Bürgerinitiative aufgefordert, ihre Standpunkte deutlich zu machen. Sie warfen der Stadt mangelnde Bürgerbeteiligung vor. Sie hätte es nicht einmal für nötig befunden, die Betroffenen, also in erster Linie die Schrebergärtner, rechtzeitig anzuhören. Alternativplanungen für das Rangierbahnhofgelände seien bewusst hintertrieben worden.

Der OB konterte: Das Ringen um eine neue Nutzung des Geländes sei von Anfang an transparent gewesen, die Presse habe über jeden einzelnen Schritt ausführlich informiert, aber in den öffentlichen Gemeinderatssitzungen hätte er nie einen Vertreter einer »Bürgerinitiative Rangierbahnhof« gesehen.

Danach ging's zur Manöverkritik in den Kapuzinerkeller.

»Der Stadt seien die Hände gebunden«, zitierte Engel den OB. »Der spielt jetzt den Unschuldigen, dabei profitiert die Stadtkasse am meisten von diesem Projekt. *Es gibt Leute, die zahlen für Geld jeden Preis.*«

»Wieso?«, fragte Kalupke.

»Schopenhauer«, antwortete ihm Engel nachsichtig. »Schauen Sie, das beginnt schon beim Bauen. Grunderwerbsteuer, Grundsteuer, Gebühren für die Eintragungen, anfallende Steuern beim Verkauf der Wohnungen und Geschäfte, Umsatzsteuer, Einkommenssteuer und, und, und. Einiges davon fließt direkt in die Stadtkasse.

»Aber welchen Preis soll denn der OB dafür zahlen?«

Engel musterte ihn mitleidig. »Das haben Sie doch vorhin mitgekriegt«, donnerte er los. »Der Preis ist das Gemeinwohl, das berechtigte Interesse der Schoppendorfer an einer lebenswerten Stadt, an einem Bürgerpark.«

Susanne schaltete sich ein. »Zu einer lebenswerten Stadt gehören aber auch Wohnungen und Geschäfte.«

»Wenn die Leute die Miete dafür bezahlen können!«, rief Ellwanger dazwischen.

»Die Demonstration war ein voller Erfolg«, versuchte ich die Gemüter zu beruhigen. »Ihre Forderungen sind bestens rübergekommen. Jetzt warten Sie doch erst einmal die Reaktionen ab.«

»Wir bleiben jedenfalls im Gespräch der Leute«, sagte Vadore und rieb sich fröhlich die Hände, »wer weiß, was alles noch passiert.«

Allmählich verzogen sich die Schrebergärtner, schließlich saßen nur noch Susanne, Ellwanger, Kalupke und ich zusammen.

»Wie ist es eigentlich zu ihrem gespannten Verhältnis zu der Bauleiterin gekommen?«, fragte ich Ellwanger.

»Mit der würde ich schon fertig werden«, sagte Ellwanger und kratzte sich am Hinterkopf. »Die Claudia Moneta muss eben die Interessen der Baugesellschaft vertreten, das kann ich auch irgendwie nachvollziehen. Aber den Herren, die im Hintergrund die Fäden ziehen, bin ich einfach im Weg. Zuerst haben Sie mir mein Häuschen abkaufen wollen. Der Preis, den sie geboten haben, war nicht einmal schlecht. Aber ich bin hart geblieben. Dann sind die Briefe immer unverschämter geworden. Wenn ich nicht verkaufen wolle, würde ich eben enteignet werden – gegen eine wesentlich geringere Entschädigung –, hat man mir mitgeteilt.«

»Warum wollten Sie denn nicht verkaufen?«, fragte Kalupke dazwischen.

»Mein lieber junger Freund«, begann Ellwanger und hielt sich nur mühsam zurück, »was soll ich denn mit diesem verfluchten Geld? Etwa eine Dreizimmerwohnung in einem der neuen Betonbunker kaufen? Hier habe ich meine Welt, meine Freunde, mein Zuhause. Von hier muss man mich schon mit Gewalt wegreißen. Aber wir sind ja nicht ganz wehrlos.«

»Wollen Sie es auf einen Prozess ankommen lassen?«, fragte Susanne.

Ellwanger schnaufte hörbar. »Das habe ich denen auch angedroht. Die Antwort war: ›Gegen unsere Anwälte haben Sie keine Chance. Nach einem solchen Prozess sind Sie ruiniert.‹«

»Und jetzt?«

»Und jetzt versuchen Sie mich von der Baustelle zu vertreiben, wenn ich als ehrenamtlicher Beauftragter in der archäologischen Denkmalpflege meiner Pflicht nachkomme, und werfen mir Hausfriedensbruch vor. Wahrscheinlich unterstellen Sie mir bald auch die Geschichte mit der Betonleiche oder der Explosion und beantragen eine psychiatrische Untersuchung gegen mich ›armen Irren‹ wegen Unzurechnungsfähigkeit. Die versuchen doch mit allen Mitteln, mich loszuwerden.«

Ellwanger schien völlig verzweifelt, am Boden zerstört. Vermutlich hatte er nicht mit dieser eindeutig ablehnenden Haltung des Oberbürgermeisters gerechnet und sah sich nun mit der traurigen Wahrheit konfrontiert, dass wohl kein Weg daran vorbeiführte und sein Häuschen dem Großprojekt geopfert würde. Er tat mir leid. Ich überlegte eine Augenblick, ob ich ihn wegen der vermeintlichen Betonleiche aufklären sollte, die ja in Wirklichkeit gar keine war, verwarf dann aber den Gedanken schnell wieder. Rita hatte mir das alles ja im Vertrauen erzählt. Ihrer sensationellen Enthüllung in ihrem nächsten Zeitungsartikel durfte ich nicht vorgreifen.

Susanne warf mir einen langen Blick zu, dann wandte sie sich an Ellwanger: »Hätten Sie etwas dagegen, wenn wir im ›Echo‹ einen ausführlichen Artikel über Sie und ihr Häuschen brächten? Was meinst du, Nils? Würdest du da mitmachen?«

Etwas überrascht von ihrem Vorstoß suchte ich nach Worten: »Na ja, ich bin ja nicht mehr beim ›Echo‹, den Artikel müsstest schon du übernehmen, aber ich wär dabei.«

Ellwanger stand mühsam auf. »Entschuldigen Sie mich, bitte. Ich muss jetzt erst mal wieder meinen Kopf freikriegen und Abstand gewinnen. Das muss alles erst mal verdaut werden.« Er hob kurz die Hand zum Gruß und schlurfte davon.

SAMSTAGABEND
26.9.

Samstagabend verbrachte ich mit meinen alten Freunden in Bäringen, dem idyllischen Städtchen am Fuße der Berge. Clemens Sauter, der Kunsttöpfer, hatte mich zu einer Vernissage eingeladen, ich könnte mir seine neue Kollektion Polit-Gartenzwerge ansehen. Engel hatte mir angeboten, mich in seinem VW-Bus mitzunehmen.

Kurz vor sieben kam er angeknattert. Frau Eisele stand am Küchenfenster, als ich die Beifahrertür öffnete, und schüttelte nur den Kopf, als sie die abenteuerliche Karre sah. Engel nahm einen Pullover vom Beifahrersitz und warf ihn ziellos nach hinten, wo er auf einem Berg von Kisten und anderen Gepäckstücken landete, die sich auf der ausgezogenen Liegefläche des uralten Campingfahrzeugs stapelten. Ich stieg ein, schnallte mich an und mit einem Satz nach vorn setzte sich die Kiste in Bewegung.

»Kupplung«, grinste Engel, »muss ich mal nachsehen.«

»Hat er noch TÜV?«, fragte ich skeptisch.

»Ja klar«, meinte Engel. »Der ist wie neu und liegt noch prima in der Kurve.«

Er gab Zwischengas und rührte in der Gangschaltung, bis mit einem leisen Aufheulen der Gang drin war. »Bergauf ist er schon mal ein bisschen müde, aber wenn's den Berg runtergeht, dann ist er kaum zu halten.«

Das kann ja heiter werden, dachte ich mir und wechselte das Thema: »Wie lange kennen Sie Ellwanger?«

Engel lachte. »Seit Berliner Kommunezeiten. Clemens Sauter, Manfred Ellwanger und ich waren damals unzertrennlich. Das ist nun schon fast 50 Jahre her. Ellwanger hatte damals schon ein Faible für Archäologie. Seine Examensarbeit hat er über römische Münzfunde in Indien geschrieben, ist dafür extra bis nach Mumbai getrampt.«

»Ellwanger hat sein Archäologiestudium abgeschlossen?«

»I wo, der ist nie fertig geworden mit seiner Examensarbeit. Irgendwann hat er alles an den Nagel gehängt und ist wieder zurück ins Schwabenländle gezogen. Er war der Einzige von uns dreien, der einen soliden Beruf ergriffen und bis zur Pensionierung durchgehalten hat, deshalb kann er jetzt auch in aller Ruhe seine Rente genießen.«

»In aller Ruhe? Er scheint aber sehr aktiv zu sein, auf die faule Haut legt er sich gewiss nicht«, widersprach ich.

Engel schaute kurz zu mir herüber. Seine Augen blitzten. »Bei ihm weiß man nie, was er gerade ausbrütet. Vielleicht bereitet er jetzt schon seinen nächsten Coup vor?«

Wie er das meine, fragte ich nach.

»Lassen Sie sich überraschen«, meinte Engel sibyllinisch.

Auf der Landstraße nach Bäringen kam der Bus tatsächlich mächtig in Fahrt. Ich suchte vergeblich nach einem Haltegriff, schließlich fasste ich mit beiden Händen links und rechts unter die Sitzpolster und versuchte, die harte Federung, so gut es ging, auszugleichen.

Wir fuhren das landschaftlich reizvolle Sulztal hinauf, zuerst an Weinbergen vorbei, die zum großen Teil schon abgeerntet waren, aber in ihrem bunten Laub prächtig leuchteten. Dann schlängelte sich die Straße durch Streuobstwiesen, links und rechts des Tales wurden die Hänge immer steiler, der Wald nahm zu. Schließlich kamen die ersten Fachwerkhäuser in Sicht und Engel bog kurz vor der Einfahrt in die historische Altstadt in das kleine Bäringer Gewerbegebiet ein. Als wir die steile Auffahrt zu Sauters Gartenzwerg-Töpferei erreicht hatten, stieg er kurz noch einmal aufs Gas, der Motor jaulte auf, als ob er Anlauf nehmen müsse. Engel ließ mit Schwung den ersten Gang einrasten und der Bus schaffte es mühelos nach oben.

In der einsetzenden Dämmerung strahlten bereits die Scheinwerfer, mit denen Sauter seine neuen Polit-Gartenzwerge ins rechte Licht setzte. Schon beim Aussteigen war ich fasziniert: Seehofer mit Seppelhut, Bierkrug und Löwen an der Leine, breites Grinsen, auf dem Shirt: »Mia san mia!« Winfried Kretschmann als Gärtner mit Strohhut und Gießkanne mit der Aufschrift »Subventionen«, Sarah Wagenknecht mit Che-Guevara-Mütze und roter Nelke, Steinmeier mit Fernglas vor den Augen und sinnigem Spruch auf dem Sockel: »Horch, was kommt von draußen rein …«

Sauter hatte seinen Laden aufgeräumt, alles beiseitegeschoben und Platz gemacht für Bierbänke und Biertische.

»*Spät kommt ihr, doch ihr kommt*«, begrüßte uns Sauter.

Engel klopfte ihm auf die Schulter. »Wenn das nicht wieder mal eins deiner literarischen Zitate ist.«

»Friedrich Schiller, Wallenstein«, tönte eine energische Stimme aus dem Hintergrund.

»Nora«, rief ich, »was machst du denn hier?«

Die Gräfin, wie sie im »Schoppendorfer Echo« ehrfürchtig, aber auch liebevoll genannt wurde, schob sich nach vorne und schüttelte mir die Hand.

»Eine meiner treuesten Kundinnen«, erklärte Sauter.

»Und eine deiner größten Fans«, lachte Nora und wandte sich wieder mir zu. »Schön, dass du kommen konntest. Wir haben extra ein Plätzchen für dich frei gehalten.«

Meine Überraschung stieg weiter, als sie mich zu einem Tisch führte, an dem Susanne und Kalupke saßen und mich mit Hallo begrüßten.

»Wir müssen die jungen Leute doch in die rechte Gesellschaft bringen«, meinte Nora. »Setz dich zu uns, dann ist der ›Echo‹-Stammtisch fast komplett. Rita kann leider nicht kommen. Sie muss sich um Brunhilde kümmern, die hat irgendeinen Infekt aufgeschnappt.«

Susanne ließ ihre meergrünen Augen blitzen. »Sie ist auch kein bisschen sauer, dass wir uns hier treffen.«

Ich runzelte die Stirn. »Wieso sollte sie sauer sein?«

Susanne legte ihre Hand auf meine und drückte sie leicht. »Ach, Nils.«

Nora beobachtete die Szene amüsiert, dann wandte sie sich an Kalupke. »Na, junger Freund, ist Ihr Artikel denn schon fertig?«

Kalupke schüttelte verlegen den Kopf. »Ich bin heute Nachmittag noch gar nicht dazu gekommen, aber morgen früh setze ich mich gleich dahinter.«

Nora lächelte mitleidig. »Die Rede des OB und erst, was er im Interview gesagt hat, war ja so was von lau. Der Stadt seien die Hände gebunden, das müsste mal hinterfragt werden.«

Kalupke nickte ergeben. »Das hat Frau Delbosco auch gesagt. Was der OB damit wohl gemeint hat?«

Susanne bemühte sich vergeblich, ein Lachen zu unterdrücken, und prustete los.

Nora versuchte die peinliche Situation zu überbrücken, übernahm das Gespräch und wandte sich an mich: »Du hast mich doch mal wegen Mercadante gefragt. Dieser Mann ist wirklich eine Nummer. Meine Freundin war kaum zu bremsen, als ich sie auf ihn angesprochen hatte. Kurz gesagt: Reiche Familie, ursprünglich aus der Gegend von Bari, mit herrlichem Landgut in der Toskana, Studium in Havard und Heidelberg, juristisches Prädikatsexamen, nebenbei hat er noch Philosophie und Theologie studiert. Anschließend hat er eine vielversprechende Karriere im diplomatischen Dienst begonnen, war einige Jahre in der Finanzverwaltung im Vatikan, bis er wegen finanzieller Schiebereien unrühmlich entlassen wurde. Dann hat er in Florenz eine Bank gegründet.«

»Die ›Banca degli Angeli di Firenze‹«, nickte ich. »Ein seltsamer Name.«

Nora lachte. »Im Firmenlogo führt er Raffaels Engel-Pärchen, du weißt schon, mit Unschuldsblick nach oben, das Kinn in die Hand gestützt.«

»Die Bank gehört ihm allein?«, fragte ich nach.

»Das weiß ich nicht«, sagte Nora, »jedenfalls scheint er dort eine führende Rolle zu spielen. Er soll auch weiterhin sehr enge Verbindungen zum

Vatikan pflegen.« Sie senkte ihre Stimme und fügte leise hinzu: »Kontakte zur Mafia werden ihm ebenfalls nachgesagt.«

»Den möchte ich auch einmal kennenlernen«, seufzte Susanne.

»Wieso?«, fragte Kalupke.

Susanne setzte ein nachdenkliches Gesicht auf. »Wissen Sie, Herr Kalupke, Männer mit einer geheimnisvollen Aura interessieren mich eben.«

Nun räusperte sich Nora laut und vernehmlich. »Spaß beiseite. Wenn Mercadante wirklich seine Finger im Schoppendorfer Bauprojekt hat, solltet ihr vorsichtig sein.

Spät am Abend brachte uns Nora mit ihrem Landrover zurück nach Schoppendorf. Kalupke saß neben ihr auf dem Beifahrersitz, ich mit Susanne auf der Rücksitzbank.

Während Nora Kalupke Tipps für seinen Artikel gab, sprach mich Susanne halblaut auf Ellwanger an. »Er steht wohl mächtig unter Druck, findest du nicht auch? Würdest du ihm die Show mit den Leichenteilen und den Sprengstoffanschlag zutrauen?«

Ich zögerte mit der Antwort. Rita hatte sie wohl eingeweiht. »Dann willst du wohl deshalb den Artikel über ihn schreiben?«

Sie schaute mich von der Seite an. »Ich will ihm einfach noch ein bisschen auf den Zahn fühlen. Alles hängt doch irgendwie mit ihm zusammen:

der Antrag ans Landesamt für Denkmalpflege, der Leichenfund, selbst die Wand in der Baugrube, wo die Bombe hochgegangen ist, hat er angeblich davor gründlich abgesucht. Ein Motiv hätte er auch, und nicht nur eins!«

SONNTAGABEND 27.9.

Ich machte einen Spaziergang durch die Schoppendorfer Innenstadt zur Neckarpromenade, genoss die laue Abendluft und dachte über die vergangene Woche nach. Die Lichter der Straßenlaternen spiegelten sich im träge dahinfließenden Wasser, ab und zu blitzte ein Scheinwerferlicht eines Autos auf, das mir von der Straße auf der gegenüberliegenden Uferseite entgegenkam.

Mehr als ein Jahr war seit meinem Wegzug nach Stuttgart vergangen und doch hatten wenige Tage ausgereicht, um wieder so vertraut mit den alten Kollegen und Freunden zu reden, mich in der Stadt zwischen Neckar und Bäringer Bergland so frei zu bewegen, als ob ich nur 14 Tage weg gewesen wäre. Bedauerte ich etwa meinen Wechsel nach Stuttgart? Sicher nicht. Aber die Vergangenheit hatte mich erstaunlich schnell wieder eingeholt und die Erfahrungen, die ich in Schoppendorf beim »Echo« gemacht hatte, wollte ich auch nicht missen.

Manches ging mir durch den Kopf, verlangte nach Erklärungen: Der skurrile Fall mit den Leichenteilen in der Baugrube, der Sprengstoffanschlag, der rätselhafte Brief, den Rita gestern gefunden und die merkwürdige Person, die ihn überbracht hatte – und vorgestern mein Fahrrad, dem die Ventile geklaut waren. Mit zwei neuen Ventilen hatte ich mich am Morgen auf den Weg gemacht, mein Rad abzuholen. Da steckten die alten Ventile wieder im Reifen!

Ganz in Gedanken war ich einfach drauflosspaziert und plötzlich wurde mir bewusst, dass ich kurz vor der Großbaustelle angekommen war. Ich schlenderte in Richtung Ellwangers Häuschen. Alles dunkel. Kein Licht brannte, war er schon im Bett? Drüben, am anderen Ende des Baugeländes, leuchteten Scheinwerfer die Baustelle aus. Rechts davon, am Rande des Bauzauns, türmten sich die Unterkunftscontainer für die Arbeiter und etwas abseits davon lag das Baubüro in einer separaten Baracke. Aber auch hier blieben alle Fenster dunkel. Sonntagabend.

Die Container lagen teilweise im Scheinwerferlicht, teilweise warfen sie dunkle Schatten auf ihre Umgebung. Sie sahen von Ferne wie überdimensionale aufeinandergestapelte Schuhschachteln aus. Ich schlenderte hinüber. Verwinkelte Holztreppen, grob zusammengezimmert, führten zu den oben gelegenen Unterkünften.

Da sah ich plötzlich im Halbdunkel eine Person die Holztreppen hinunterhasten. Ein leises, feines Klingeln ertönte, wie von kleinen Weihnachtsglöckchen. Unten angekommen, lief sie zielstrebig zur Tür eines der im Erdgeschoss gelegenen Containers hinüber, trat kurz wieder ins Licht der Scheinwerfer. Als ich näher kam, erkannte ich eine weiße Hose, ein rotes ärmelloses Wams und ein Kopftuch oder eine Mütze, die den ganzen Hinterkopf umhüllte. Ritas anonymer Briefträger!

»Halt, stehen bleiben!«, rief ich entschlossen und rannte los. Da wandte sich die Gestalt um – und mir blieb fast das Herz stehen! Eine starre Fratze grinste mich für den Bruchteil einer Sekunde an, als ob sie mich auslachen würde, dann drehte sie sich um ihre eigene Achse, vollführte einen tanzartigen Sprung, schwang einen Stab mit vielen kleinen Glöckchen gegen mich, machte einen Satz nach hinten – und dann rannte das seltsame Wesen in Richtung Schrebergärten davon. Als ich die Holztreppe erreicht hatte, war die skurrile Erscheinung bereits im Dunkeln verschwunden.

Sollte ich die Polizei rufen? Vielleicht hatte ich ihn, sie – oder was es auch war – bei einem Einbruchsversuch gestört? Aber in diesem Aufzug und mit diesem merkwürdigen Stab? Ich schaute bei der Tür nach, wo das Phantom gestanden war, als ich es wohl überrascht hatte. Von außen sah die Box nicht anders aus als die anderen übereinandergestapelten Unterkünfte. Ein heruntergelassener Rollo vor dem Fenster, die Tür verschlossen, keinerlei Spuren zu sehen, die etwa auf einen versuchten Einbruch hätten hindeuten können.

Sollte ich hinterherlaufen, hinüber zu den Schrebergärten? Doch das Licht der Straßenlaternen versickerte rasch zwischen den dunklen Hecken rechts und links des Weges und ich verzichtete lieber darauf, das Risiko einzugehen, vielleicht schon nach wenigen Metern eins übergebraten zu bekommen.

War es vielleicht einer der Jungs vom »Abstellgleis« gewesen? Mir fiel Herbert Kellermanns Spruch von den nachtaktiven Kameraden ein. Aber in einem solchen Kostüm und mit diesem seltsamen Gesicht? Das passte nicht zusammen!

Ich schlenderte weiter dem Bauzaun entlang zur Baugrube. Die Betonplatte war übersät mit Glasscherben, die meisten braun, wohl von Bierflaschen. Langsam näherte ich mich ihrem Aktionsraum. Zwei Einkaufswagen steckten verkeilt zwischen Verschalung und Erdhang. Ich war jetzt nur noch einen Steinwurf entfernt von ihrem Lagerschuppen. Sollte ich nicht lieber umkehren? Ich lass mich doch nicht von Halbstarken einschüchtern!, machte ich mir Mut und näherte mich vorsichtig, wechselte aber die Straßenseite.

Da sah ich den gepiercten Obelix vor der Rampe stehen, zwischen zwei teuren schwarzen Luxuslimousinen und neben ihm – ich konnte es kaum fassen, aber es gab keinen Zweifel – da stand Mercadante und verhandelte mit ihm. Ich suchte Schutz hinter einem parkenden Lieferwagen und schaute durch die Fenster von Beifahrer- und Fahrertür hinüber. Jetzt stiegen aus den Limousinen zwei Männer mit schwarzen Anzügen aus, breitschultrig wie Rausschmeißer. Waren das die Bodygards von Mercadante oder wurde er gerade von ihnen in die Zange genommen?

Die Antwort gaben die beiden Gorillas. Sie schlenderten auf Dave zu, stellten sich rechts und links von ihm auf, bedrohlich nahe. Mercadante gab ihnen Handzeichen. Schade, dass ich kein Wort verstehen konnte, dafür war die Distanz zu groß. Ich sah nur, dass Mercadante auf Dave einredete und dieser hin und wieder nickte. Schließlich wandte sich Dave um, stieg bedächtig die Treppe zur Rampe hoch und verschwand hinter der Schiebetür. Mercadante und seine Begleiter stiegen in die Limousinen und fuhren los. Was hätte ich dafür gegeben, wenn ich gewusst hätte, was die da miteinander verhandelt hatten!

Ich beeilte mich, wieder belebtere Zonen zu erreichen, und machte mich beklommen auf den Heimweg.

MONTAGNACHMITTAG 28.9.

Um 14.00 Uhr wollten wir uns bei Ellwanger treffen. Rita hätte etwas gereizt reagiert, aber dann doch zugestimmt, versicherte mir Susanne am Telefon. Dann fragte sie mich, ob mein Rad wieder verkehrssicher sei. Sie hätte es zufällig am Samstagabend vor dem Kapuzinerkeller mit den beiden Plattfüßen entdeckt. Na ja, damit müsse man Samstagabend in der Kaiserallee eben rechnen. Was sich da alles herumtreibe! Ich traute ihr nicht und ein Verdacht keimte auf. Aber wieso sollte ausgerechnet sie es gewesen sein, die mein Rad lahmgelegt hatte?

Bis 14.00 Uhr hatte ich noch etwas Zeit und schaute mir die Videoaufzeichnungen über die Demonstration am Samstag und das anschließende Interview an, das heute Abend in der Landesschau gesendet werden sollte. Der Kameramann hatte einige der Transparente herangezoomt. Ich erkannte den Alten Fritz, der sein Täfelchen hoch in die Luft reckte: »Die Axt im Haus erspart den Zimmermann.« Darunter eine Axt, die in einem Kopf steckte. Die stilisierte Figur zeigte die Büste eines Mannes mit Melone, Anzug und Krawatte, im Mund steckte eine Zigarre. Darunter stand: »Nieder mit den Kapitalisten!«

Der hat doch nicht alle Tassen im Schrank, das müssen die rausschneiden, dachte ich mir und notierte mir Minute und Sekunde der MAZ. Ich überlegte, warum mir das Plakat am Freitag nicht aufgefallen war, als ich im Garten Vadores die Transparente inspiziert hatte, und ich erinnerte mich, dass ich diesen komischen Kauz weder am Freitag noch bei der Nachbesprechung am Samstag im Kapuzinerkeller gesehen hatte. Der war wohl erst zur Demonstration mit seinem Schild gekommen und dann gleich wieder verschwunden. Diesen Friedrich Schiller sollte ich mir einmal genauer ansehen, dachte ich, machte die Mail für die Landesschauredaktion fertig, schwang mich aufs Fahrrad und fuhr los.

Die Gartenanlage wirkte wie ausgestorben. Mühsam hoppelte ich mit dem Rad auf dem Wiesenweg an Vadores Garten vorbei auf der Suche nach Schillers Laube. Ich brauchte mich nicht lange zu bemühen: »Der brave Mann denkt an sich selbst zuletzt«, stand da weithin sichtbar in altdeutschen Lettern an der Wand eines Häuschens. Hier war ich wohl richtig. Ich lehnte das Rad an den Zaun, blickte über die Hecke und sah ihn gleich. Schiller war gerade dabei, Kartoffeln aus dem Boden zu hacken. Ich sprach ihn über den Gartenzaun an.

»Hätten Sie einen Moment Zeit für mich?«

Schiller ließ die Hacke fallen und drehte sich zu mir um. Er beschattete seine Augen mit der flachen Hand vor der Stirn und brauchte einen Augenblick, bis er mich erkannt hatte.

»Sie sind doch dieser Rundfunkfritze«, fuhr er mich mit seiner krächzenden Stimme an. »Wenn Sie dieser Sauerei, die da gegen uns läuft, nicht ein Ende machen können, sind wir erledigt. Begreifen Sie das? Sie sind unsere letzte Hoffnung.«

Er nahm seine Hacke vom Beet, stellte sie an sein Häuschen, kam zu mir herüber und schüttelte mir freundlich die Hand. Er schien wie ausgewechselt.

»Nix für ungut, i bin halt a bissle direkt. Gell? Wellet Se kurz reikomma?«

»Wenn Sie mich so nett einladen, gerne.«

Wir setzten und auf eine Bank vor seiner Laube, rechts und links von uns meterhohe Sonnenblumen, und Schiller bot mir von seinem selbst gemachten Holunderwein an, der ganz passabel schmeckte.

»Aber Vorsicht, der hat's in sich!«, warnte er mich mit einem tiefgründigen Lächeln.

»Wohnen Sie immer hier draußen?«

»Wenn's im Winter mal richtig kalt wird, hab ich ein Zimmerle bei meiner Nichte. Aber sonst schon. Mein alter Kohlenherd macht gut warm und in dem kann ich fast alles verheizen, was hier so an Baum- und Heckenschnitt anfällt. Meine Nachbarn sind ganz froh, wenn ich mit meinem Schubkarren komm und ihr Zeug mitnehm.«

Ich kam zum Thema: »Ihr Plakat bei der Demonstration am Samstag, Sie wissen schon, das mit der Axt im Kopf, das war sehr drastisch.«

Schiller kicherte in sich hinein. »Aber 's stimmt doch. Wenn mir uns net wehret, kommet mir schließlich alle unter d' Räder. Das Kapital nimmt sich zletscht alles und zerstört unsere Lebensumwelt – und zletscht au seine eigene Grundlaga.«

»Jetzt übertreiben Sie aber«, versuchte ich ihn zu beruhigen.

Er griff nach meiner Hand und sagte: »Junger Mann, wo i in Ihrm Alter war, hat mal an Bundeskanzler die Vision ›Wohlstand für alle‹ verkündet. Des war koin Linker, sondern oiner von der CDU, nämlich der Professor Ludwig Erhard. Sagt Ihne der Name noch was? Der hat's mit der ›sozialen Marktwirtschaft‹ noch ernscht gmeint. Heut isch nur noch die Worthülse übrig geblieben und eben die ›Marktwirtschaft‹ – ohne ›sozial‹. Alle reden noch davon und jeder versteht was anderes darunter. Dabei ist doch sonnenklar: Unser Sozialstaat zerbröckelt. Der Dichter Friedrich Schiller hat das schon in seiner Zeit geahnt und geschrieben: *Und es herrscht der Erde Gott, das Geld.*«

»Aber es wird doch für alle gesorgt, niemand muss bei uns Hunger leiden.«

»Brot und Spiele, haben die Römer ihrem Volk versprochen und auch finanziert, damit es ruhig bleibt. Heut müsste man sagen: Bier, McDonalds,

Vesperkirche, Internet und Fernsehen, Leben von der Stütze – armes Deutschland! Die Reichen werden immer reicher, auf der anderen Seite Kinderarmut, Altersarmut. Der Staat hat kein Geld mehr für Krankenhäuser, Büchereien, Museen, Schwimmbäder. Theater müssen schließen, Orchester werden aufgelöst. Sparen heißt die Devise, damit die Wirtschaft boomt. Für die hat der Staat Geld, zum Beispiel, wenn sich Banken verzockt haben und nicht pleitegehen dürfen.«

Er zog seine Augenbrauen hoch und fuchtelte mit erhobenem Zeigefinger mit seiner rechte Hand vor meiner Nase herum und begann wieder in Dialekt zu verfallen: »Wenn früher in der guten alten Bundesrepublik einer vorausg'sagt hätt, in 40 Johr gäb's in Deutschland Kinderarmut und Altersarmut, hättet mir ihn ausg'lacht. Ziel war damals die ›nivellierte Mittelstandsgesellschaft‹. Alle sollten was vom Wirtschaftswachstum abbekommen. Wenn man heute von ›Mittelstand‹ redet, meint man die reiche Unternehmerschicht. Niemand spricht von einer ›Oberschicht‹, man vermeidet den Begriff lieber, ebenso wie den Begriff ›Unterschicht‹, damit sprachlich alles in Ordnung scheint. Aber die Einkommensschere zwischen Arm und Reich geht immer weiter auf, gnadenlos. Ihr da oben, wir da unten.«

»Aber wenn es der Wirtschaft gut geht, hat doch jeder etwas davon, zum Beispiel einen Arbeitsplatz.«

Schiller ereiferte sich mehr und mehr und wechselte fröhlich zwischen Dialekt und Hochsprache. »Manche haben sogar zwei oder drei Arbeitsplätz, weil sie von einem allein nicht leben können. ›Working Poor‹ nennt man das in Amerika, auf gut Schwäbisch hoißt des: Schaffa un doch net devo läbe kenne. Viele Jobs werden nur auf 450-Euro-Basis angeboten, ohne Sozialleistungen, geschweige denn Rentenanspruch. Die Altersarmut wird gewaltig wachsen. Un des älles in unserm schönen Sozialstaat.«

Ich sah, dass ich bei diesem Thema bei ihm nicht weiterkommen würde. Das Weltbild, das sich Schiller zusammengezimmert hatte, würde ich nicht erschüttern können. Ich machte einen neuen Versuch. »Mit Gewalt lassen sich aber Probleme auch nicht lösen.«

Da hatte ich ihm das richtige Stichwort geliefert.

»Ha, G'walt!«, rief Schiller aus, was wird denn gegen uns Schrebergärtner, gegen die ganze Schoppendorfer Bevölkerung gerade ausgeübt, die diese Betonklötze gar nicht wollen! Was bleibt uns denn anderes übrig? Wir machen doch nur von unserem im Grundgesetz garantierten Widerstandsrecht Gebrauch. Wir müssen doch deutlich machen, dass wir uns net alles gfalla lassa, notfalls au mit G'walt.«

Ich versuchte es mit einem Gegenargument: »Ein verfassungsgemäßes Recht auf Widerstand gibt es aber in unserem Rechtsstaat nur in ganz speziellen Einzelfällen, etwa gegen offensichtlich illegale

Aktionen des Staates und bei dem Schoppendorfer Bauprojekt wurde alles rechtlich geprüft.«

»Des isch ja des Schlimme«, schrie Schiller, dass sich seine Stimme überschlug. »Aber auf welcher Seite stehen denn Recht und Gesetz?«

»Jetzt warten Sie mal ab«, beschwichtigte ich ihn, »deshalb haben wir ja die freien Medien in unserem Staat. Wenn etwas schiefläuft, werden wir die Finger in die Wunde legen.«

»Gut so, junger Freund, dann gehen Sie mal an die Arbeit!« Schiller schien besänftigt und schenkte mir noch ein zweites Glas von seinem Holunderwein ein.

Ich hoppelte mit meinem Fahrrad auf dem Grasweg zu Ellwangers Häuschen hinüber. Schon von Weitem sah ich Susanne und Rita im Gespräch mit Vadore. Der schien sehr aufgeregt zu sein und gestikulierte wild. Als er mich kommen sah, lief er mir entgegen und rief mir schon im Laufen zu: »Wissen Sie, wo Ellwanger steckt?«

Ich lehnte mein Rad an Ellwangers Gartenzaun und wartete, bis er mich erreicht hatte. Susanne und Rita waren ihm gefolgt. Er war ganz außer Atem, deshalb legte ich ihm beruhigend meine Hand auf seinen Arm und sagte: »Samstag nach der Demonstration habe ich ihn im Kapuzinerkeller zum letzten Mal gesehen. Er ist kurz nach Ihnen gegangen.«

Vadore schien völlig verzweifelt, schaute uns der Reihe nach an und jammerte: »Sein Häuschen hat er offen stehen lassen, innen ist alles durcheinandergeworfen. Da müssen Einbrecher am Werk gewesen sein.« Dann fasste er sich und berichtete: »Gestern habe ich mich noch gewundert, heute mache ich mir ernsthaft Sorgen. Die Polizei habe ich schon verständigt, aber die macht sich ja prinzipiell erst nach 48 Stunden auf die Suche, wenn jemand verschollen ist.«

»Ellwanger verschollen?«

»Oder entführt!«, rief Vadore. »Kommen Sie, kommen Sie, sehen Sie selbst!«

Er stürmte auf die Haustür zu, wir folgten betreten.

»Die habe ich gestern zugesperrt. Ich hab ja einen Schlüssel von ihm. Sonst hätte hier jeder raus- und reinkönnen, wie er wollte.«

Es sah fürchterlich aus. Umgestürzte Bücherregale, die Bücher über den gesamten Bodenverteilt, oben in Ellwangers Schlafzimmer offene Schranktüren, Wäsche auf dem Fußboden, alles durchwühlt, selbst das Bett.

»Seine Schätze bewahrt er ja im Schuppen auf, hier habe ich noch gar nicht nachgesehen«, rief Vadore aufgeregt und schlug sich die Hand vor die Stirn. Er raste die Treppen hinunter. Wir folgten ihm über den Hof nach.

Vadore sperrte die Tür zum Schuppen auf und fuhr entsetzt zurück. Cicero war ihm fauchend von einem zwei Meter hohen Regal gegenüber der Tür vor die

Füße gesprungen. Er sah uns bedrohlich an, als müsse er die Schätze seines Herrn verteidigen. Rita redete beruhigend auf das Tier ein, streichelte seinen Nacken und nahm ihn behutsam hoch. Vadore suchte den Lichtschalter und bald darauf flackerte eine Glühbirne auf, die ohne Lampe, nur mit der Fassung befestigt, an einem Kabel von der Decke hing. Mehrere Tische waren an die Wände geschoben, dazwischen standen hohe, roh gezimmerte Regale, auf denen sich beschriftete Kisten, Tonscherben und verkrustetes unbestimmbares Gerümpel häuften. Cicero sprang von Ritas Arm auf eines der Regale und äugte misstrauisch zu uns herüber.

»Der ist ja völlig durch den Wind«, meinte Rita und blickte zu ihm hoch.

»Gott sei Dank! Hier drin scheint niemand gewesen zu sein«, sagte Vadore und prüfte noch einige Kisten auf den Tischen.

»Da oben!« Ich nahm Rita beim Arm und deutete auf eine geschnitzte Maske, die von einem Dachbalken des Schuppens zu uns heruntergrinste. Daneben hing ein Wappen, die untere Hälfte rot, die obere weiß, mit einer rot-weiß gekleideten Narrenfigur, die sich über beide Felder zog.

»So einen habe ich gestern bei den Unterkunftscontainern an der Baustelle gesehen«, raunte ich ihr zu und erzählte von dem seltsamen Zusammentreffen.

»Genauso hat der Kerl ausgesehen, der an meinem Auto war«, antwortete Rita. Doch bevor sie weitersprechen konnte, stieß Susanne einen schrillen Schrei aus.

»Schaut mal, was da drin ist«, Susanne zog einen faustgroßen golden glänzenden Klumpen aus einer der Kisten hervor. »Alles voller Gold!«

Die Kantenflächen der Kristalle blitzten selbst in dem trüben Licht der Glühbirne. Gleißendes Gold mit einem hellen Schimmer, der fast an Silber erinnerte. Weißgold? Wir standen fassungslos davor.

»Das ist richtig schwer!«, rief Susanne und wog den Klumpen in der Hand.

»Leg das schnell wieder zurück«, sagte Rita entschieden.

Vadore kam zu uns herüber: »Was ist denn das?« Er nahm Susanne den Goldnugget aus der Hand und legte ihn zurück. »Wenn die Einbrecher hier nachgesehen hätten!« Dann jammerte er: »Die haben gewusst, dass Manfred irgendwo so viel Gold versteckt hat. Wo hat er das bloß her? Warum hat er das Zeug nicht verkauft oder in irgendeiner Bank in einem Safe gelagert! Jetzt werden sie versuchen, aus ihm herauszupressen, wo sein Gold liegt, und irgendwann wiederkommen.«

Ich trat an den Tisch heran, betrachtete die gediegenen Goldnuggets und staunte: »Das ist ja ein Vermögen wert!«

Da knirschte der Kies im Hof von einem gerade einparkenden Auto. Durch die offene Schuppentür hörten wir schnelle Schritte und eine laute Männerstimme dröhnte: »Raus hier! Alle raus!«

Wir fuhren herum. Kommissar Böckle stand in der Tür, neben ihm eine Polizeibeamtin.

»Nichts anfassen! Wenn wir hier Spurensicherung machen sollen, gerät das sonst alles durcheinander.«

»Sind Sie doch schon gekommen?«, fragte Vadore, »die Dame am Telefon meinte, sie kämen frühestens morgen.«

Böckle antwortete mürrisch: »Nach allem, was hier in den letzten Tagen geschehen ist, dürfen wir keine Zeit verlieren.«

Er schaute in die Runde und schien uns erst jetzt richtig einzuordnen. Dann begrüßte er uns mit ironischem Unterton: »Aha, das ›Echo‹, hätte ich mir ja denken können, wieder mal einen Tick schneller als wir.«

Vadore schlich vorsichtig ein paar Schritte rückwärts und stellte sich breitbeinig mit dem Rücken vor den Tisch mit den Goldkisten. »Dann kann ich hier ja wieder abschließen, hier waren keine Einbrecher«, meinte er in gespielter Ruhe, bevor er Böckle energisch aufforderte: »Drüben im Haus, das müssen Sie sich anschauen, dort haben sie richtig gewütet, alles deutet auf Einbruch und Entführung hin.«

Er blieb stehen, als wollte er die Kisten vor Böckle verstecken. Der schien seine Absicht bemerkt zu haben und schob ihn einfach beiseite. Als er einen

Blick auf das Gold geworfen hatte, pfiff er durch die Zähne.

»Das haben wir gerade erst selbst entdeckt, kurz bevor Sie kamen«, versicherte ihm Susanne.

Böckle schaute uns skeptisch an, dann sagte er zu Vadore: »Sie halten sich hier bereit. Jetzt schau ich mir Ellwangers Häuschen an, die Spurensicherung wird gleich eintreffen, dann müssen wir Sie aufs Revier zu einer Befragung mitnehmen.«

Zu Rita gewandt sagte er: »Ihr Artikel wegen der Betonleiche, Sie wissen schon, muss noch ein bisschen warten, tut mir leid. Aber eine Veröffentlichung zu diesem Zeitpunkt würde die Ermittlungsarbeit der Polizei erheblich stören. Der Täter soll nicht aus der Zeitung erfahren, was wir schon über ihn herausgefunden haben. Ich habe bereits mit Ihrem Chefredakteur telefoniert. Wenn ich den Artikel dann freigeben kann, rufe ich Sie an.«

Dann drehte er sich mir zu um, nahm mich am Arm etwas beiseite und ging mit mir ein paar Schritte hinters Haus zu Ellwangers Rosengarten. »Sie wurden gestern Nacht im Bereich des Baubüros gesehen.« Er schaute kurz zurück zu Vadore, der mit Susanne heftig diskutierte, dann fuhr er fort: »Wir lassen das Gelände regelmäßig durch eine Streife beobachten. Den Beamten ist aufgefallen, dass Sie irgendetwas laut gerufen hätten und auf das Baubüro zugelaufen seien?«

Rita war uns gefolgt, hatte die letzten Worte

gehört und blickte mich nun neugierig an. Ich berichtete den beiden von meinen Beobachtungen gestern Abend bei den Baucontainern und drüben beim »Abstellgleis« und erwähnte auch, dass ich am Freitagmorgen dort schon einmal vorbeigekommen sei, in den Lagerschuppen geschaut und den Berg von Zigarettenpackungen gesehen hätte.

Böckle sah mich prüfend an und vergewisserte sich: »Sie haben Dave Schmelzle drüben beim ›Abstellgleis‹ gesehen?«

Ich wunderte mich etwas über Daves Nachnamen, der so gar nicht zu seinem Auftreten passen wollte, und beschrieb noch einmal sein Äußeres.

»Schmelzle ist erst seit drei Wochen aus der Haft entlassen – unter hohen Auflagen. Er darf seinen Wohnort Ludwigsburg nicht verlassen. Der sollte hier in Schoppendorf gar nicht auftauchen!«

»Er scheint hier beim ›Abstellgleis‹ aber die führende Rolle zu spielen, das wissen auch die Kleingärtner, z. B. Herbert Kellermann, den ich darauf angesprochen habe.«

Böckle machte sich eine kurze Notiz, dann erklärte er: »Dave Schmelzle ist wegen Rauschgifthandels und kleinerer Eigentumsdelikte verurteilt, hat einen Teil seiner Strafe abgesessen und ist jetzt auf Bewährung frei. Aber es scheint so, dass wir uns wieder um ihn kümmern müssen.«

»Glauben Sie, er hat mit dem Einbruch hier zu tun?«, fragte Rita.

Böckle schüttelte den Kopf und wandte sich wieder seinem Notizblock zu. »Passt nicht zu seinem Täterprofil. – Es sei denn …«, er machte eine Pause, schaute über uns hinweg in die Ferne, schien kurz zu überlegen, was er uns anvertrauen durfte. »Es sei denn, er lässt die Drecksarbeit jetzt andere für sich erledigen.«

Ich horchte auf: »Sie meinen die Jungs vom ›Abstellgleis‹?«

Böckle zuckte die Schultern, ergänzte seine Notizen und schob den Block ein.

»Und was hat Dave Schmelzle mit diesem Mercadante zu schaffen?«, fragte ich nach.

Böckle lachte. »Ich möchte Ihre Beobachtung von gestern Nacht nicht herunterspielen, würde ihr aber nicht so viel Bedeutung beimessen. Schauen Sie: Die Bauleute haben seit Wochen massiv Ärger mit den Jungs. Sie haben ja selbst die Glasscherben auf der Fundamentplatte erwähnt, dazu kommen die Graffiti auf den Baucontainern und die immer wieder umgeworfenen Bauzäune. Mercadante wollte denen wohl einmal gehörig die Meinung sagen. Schließlich ist das Baukonsortium rechtmäßiger Besitzer des Geländes – und des dazugehörenden Schuppens.«

»Der wird ja wohl bald abgerissen«, stellte Rita fest, »und das wird dann auch das Ende vom ›Abstellgleis‹.«

»Warum greift hier eigentlich nicht die Polizei ein?«, fragte ich Böckle.

»Bisher konnten wir davon ausgehen, dass das hauptsächlich Dummejungenstreiche seien. Unsere Streife hat auch immer wieder nachgesehen«, versuchte sich Böckle zu rechtfertigen. Dann fuhr er mich an:»Wissen Sie, wie mühsam es ist, die Jungen mit aufs Revier zu nehmen, wenn sie stockbesoffen sind, ihre Identität festzustellen, sich dabei von ihnen wüst beschimpfen zu lassen, nur um sie dann anschließend im Polizeiwagen nach Hause zu chauffieren und mit ein paar mahnenden Worten ihren Eltern zu übergeben?«

Er stiefelte in Richtung Haus davon. Als er in Ellwangers Domizil verschwunden war, sah ich Rita fragend an. »Wie passt das alles nur zusammen? Die Sache wird für mich immer undurchsichtiger.«

Sie zuckte die Schultern. »Vielleicht hat Böckle mit seiner Vermutung recht und Mercadante hat wirklich nichts mit diesem Dave und seiner Jugendbande zu tun.«

»Aber wenn doch?«, beharrte ich und machte mich mit ihr auf den Weg zurück, »kann es nicht sein, dass Mercadante über manche Streiche großzügig hinwegsieht, ein Auge zudrückt, wenn sie bei diesem ›Abstellgleis‹ Unterschlupf gefunden haben, und dafür den ein oder anderen Auftrag von ihnen erledigen lässt?«

Wir waren wieder bei den Polizeiautos angekommen. Inzwischen war auch die Spurensicherung eingetroffen und hatte ihre Arbeit drüben in Ellwangers Häuschen aufgenommen. Vadore bemühte sich gerade, Susanne aus dem Schuppen zu scheuchen und diesen wieder abzuschließen.

Da raunte Rita mir zu: »Schade, dass ich die Samstagsausgabe nicht mehr geschafft habe. Samstagvormittag hat Böckle mich angerufen und die Geschichte mit den einbetonierten Beinen für topsecret erklärt. Heute Morgen habe ich den Text dann trotzdem dem Chef zum Gegenlesen gegeben.«

»Hattest du gehofft, er setzt sich über Böckles Anordnung hinweg?«

»Ein bisschen schon, aber eigentlich eher, dass er sich bei Böckle für eine sofortige Freigabe einsetzt.«

»Versuch es doch positiv zu sehen«, versuchte ich sie zu trösten, »jetzt kannst du den Artikel in aller Ruhe aktualisieren.«

Rita starrte mich an, als ob ich gerade vom Mond gefallen wäre. »Der Artikel kommt so, wie er ist, in die Zeitung, und zwar so schnell wie möglich! – Allenfalls schreibe ich in einem einleitenden Absatz, dass er eine Zeit lang auf polizeilichen Druck nicht veröffentlicht werden durfte.«

Inzwischen hatte sich Susanne wieder auf Vadore gestürzt und ihn in ein Gespräch über das Gold in Ellwangers Schuppen verwickelt. Wir ließen sie in Ruhe weiterarbeiten. Ich begleitete Rita zu ihrem roten Alfa.

Sie zögerte, drehte sich noch einmal zu mir um

und sagte leise: »Eigentlich dürfte ich niemandem was sagen, Böckle hat mich bei unserem letzten Telefongespräch zu absolutem Stillschweigen verpflichtet, aber die beiden Beine stammen aus dem Schoppendorfer Krankenhaus!«

»Was?«

»Amputierte Gliedmaßen von Patienten«, stellte Rita nüchtern fest. »Werden normalerweise gleich eingeäschert. Die Beine muss jemand entwendet haben, der Zugang zu der Entsorgung hatte oder jemanden dort gut kennt.«

»Also doch eine gut vorbereitete Inszenierung, ebenso vermutlich die Detonation!«

»Sieht alles danach aus«, sagte Rita und öffnete die Fahrertür. »Ich muss schnell noch in die Redaktion, um fünf hab ich mich mit der Bauleiterin verabredet.«

»Hättest du was dagegen, wenn ich mitkomme?«

Rita grinste. »Ich wär auch allein mit ihr fertig geworden, aber etwas Unterstützung könnte ich schon brauchen.«

»Rita, nimmst du mich mit?« Susanne kam uns entgegen. »Das wird ein Knüller!«, schwärmte sie. »Ich sehe schon die Schlagzeile vor mir: *Rätselhafter Einbruch – Sprecher der Bürgerinitiative spurlos verschwunden* oder soll ich einfach *Goldfieber in den Schrebergärten* nehmen?

»Dann beeil dich mal, bevor Böckle auftaucht und dir einen Maulkorb verpasst«, lachte Rita und ließ sie einsteigen. Susanne winkte mir zum Abschied heftig zu.

Ich fuhr mit dem Rad zur Baustelle hinüber, kam aber nicht weit. Von Ferne sah ich schon, dass der Verkehr weiträumig umgeleitet wurde. Die Straße entlang des Bauzauns war abgesperrt. Hinter den rot-weißen Barrieren erkannte ich Fahrzeuge mit der Aufschrift: »Kampfmittelräumdienst«. Gruppen von Passanten drängten sich vor der Absperrung und versuchten einen Blick in die Baugrube zu erhaschen.

»Das ganze Rangierbahnhofgelände soll vermint sein«, schnappte ich auf. »Nicht das ganze«, widersprach ein anderer, »aber die Ecke, wo sie die Leiche gefunden haben. Eigentlich sollte die ganze Baustelle in die Luft fliegen. Irgendwas ist schiefgegangen!«

Ich suchte einen anderen Zugang und fuhr über Nebenstraßen zur gegenüberliegenden Seite der Baugrube, wo sich die Abraumhalden türmten, überwand ein Absperrungsband, stieg auf einen der Hügel, die recht nah an der Baustelle lagen, und konnte so einen Teil des Baugeländes überblicken. Drei Spezialisten mit Bauhelmen und Sicherheitswesten waren dabei, die Wand der Baugrube zur Straße zu untersuchen. Da tippte mir jemand vorsichtig auf die Schultern, ich fuhr herum.

Eine junge Polizeibeamtin stand mir gegenüber und wies mich an. »Bitte verlassen Sie das Gelände, das kann hier lebensgefährlich werden.«

»Ich bin ja bei Ihnen«, wollte ich gerade sagen, verschluckte es aber im letzten Moment. Dann überlegte ich, ob ich ihr meinen Presseausweis zeigen sollte, entschied mich aber dafür, mit einer gemurmelten Entschuldigung abzuziehen.

MONTAGABEND
28.9.

Halb fünf holte mich Rita ab. Auf dem Weg zur Bauleiterin berichtete ich ihr in Kürze vom Kampfmittelräumdienst auf der Baustelle und meinem Besuch bei Schiller. »Schiller ist ein ziemlich schräger Vogel, hast du sein Plakat gesehen?«

Sie schüttelte den Kopf.

»Hoffentlich ist es anderen auch nicht aufgefallen. Der kann mit seinem Plakat die ganze Bürgerinitiative in ein falsches Licht setzen.« Ich beschrieb ihr sein Kunstwerk und erzählte von meinem Gespräch mit ihm. »Also ich trau ihm inzwischen auch einen Sprengstoffanschlag zu. Er hat den Einsatz von Gewalt jedenfalls nicht ausgeschlossen.«

»Das sind doch alles Sprüche!«, lachte Rita. »Noch so ein Altachtundsechziger wie Engel und Sauter, das hat er bestimmt nicht so gemeint.«

»Wenn du dich da nicht gewaltig irrst. In das Narrenkostüm hätte er jedenfalls gepasst!«

Rita bremste hart, um ihren Wagen nach rechts in eine Lücke vor einem Lastwagen einschleusen zu können. »Jetzt bleib mal auf dem Boden der Tatsachen«, sagte sie ruhig. »Wir sollten uns lieber auf Ellwangers Gold und vor allem auf sein Verschwinden konzentrieren.«

»Um die Goldklumpen musst du dir keine Sorgen machen«, tröstete ich sie. »Die liegen jetzt einbruchsicher bei der Polizei und werden wohl gerade von Böckle und seiner Mannschaft andächtig bestaunt!«

Rita ging auf meinen flapsigen Ton nicht ein. »Mit Ellwangers Entführung hat sich die Sache zugespitzt und anders, als dass er gekidnappt wurde, kann ich mir sein Verschwinden nicht erklären«, sagte sie, während sie mit einem gewagten Manöver kurz vor einer auf Rot schaltenden Ampel die Spur wechselte und einen bösen Blick von ihrem Hintermann einfing, dem sie über den Rückspiegel freundlich zuwinkte.

»Aber wer könnte ein Interesse daran haben, Ellwanger zu entführen? Ein Erpresser, der auf sein Gold aus ist?«

Die Ampel schaltete auf Gelb und Rita spurtete los. »Wenn es jemand auf seine Schätze abgesehen hätte, wäre er in seinen Schuppen eingestiegen und hätte das Gold mitgehen lassen.« Sie schaltete hart in den nächsten Gang. »Hast du schon mal so viel Gold auf einem Haufen gesehen? Wie kommt Ellwanger dazu?«

»Vielleicht war er in seiner Jugend mal Goldgräber in Alaska, zusammen mit Dagobert Duck«, scherzte ich.

Rita setzte rechts zum Überholen an und schüttelte missbilligend ihre Mähne. Ob sie dabei mich oder den auf der linken Spur schleichenden alten Mercedes mit Wackeldackel und gehäkeltem Klopapierhütchen im Rückfenster meinte, war schwer zu entscheiden.

Sie blickte zu mir rüber. »Was ich nicht verstehe: Warum lässt Ellwanger so was in alten Obstkisten zwischen all dem Gerümpel in seinem Schuppen rumstehen?«

»Vielleicht das perfekte Versteck. Wer vermutet hier solche Reichtümer? Aber wenn du mit deinen Entführungs-Theorien recht haben solltest, müssten wir uns zunächst doch einmal fragen: Wer hätte einen Vorteil davon, wenn Ellwanger verschwindet?«

Rita parkte mit Schwung ihren Sportwagen vor den aufgetürmten Baucontainern am Rande des Baugeländes. »Darauf gibt es nur eine Antwort: Falls Ellwanger hinter diesen Baustopp-Inszenierungen stecken sollte, um das Projekt endlich zu Fall zu bringen: Mercadante und seine Baumafia.«

»Du meinst, die nehmen die Sache jetzt selbst in die Hand, weil die Sabotage immer weitergeht und die Polizei all dem kein Ende setzen kann?«

Rita schaute auf die Uhr. »Wir haben noch ein paar Minuten«, sagte sie geduldig. »Also, schau mal: Mercadante selbst wird sich die Finger nicht schmutzig machen. Aber ich traue ihm zu, dass er Leute kennt, die für ihn die Sache erledigen, vielleicht gehört dieser Dave Schmelzle sogar dazu.«

»Das würde heißen, Mercadante glaubt zu wissen, dass Ellwanger hinter allem steckt.«

»Vieles spricht jedenfalls dafür«, fasste Rita zusammen. »Zuerst versucht Ellwanger über das Landesamt für Denkmalpflege das Bauprojekt zu kippen, als er damit bei den Leuten nicht den gewünschten Erfolg hat, startet er die Show mit den Leichenteilen. Zu guter Letzt dann der Sprengsatz, alles nur, um die Aufmerksamkeit der Schoppendorfer nicht erlahmen zu lassen, passend getimt, kurz vor der geplanten Protestdemonstration.«

»Aber warum geht dann Mercadante nicht einfach zur Polizei und sorgt dafür, dass er verhaftet wird?«

Rita wiegte den Kopf. »Dafür kann es verschiedene Gründe geben. Entweder dauert ihm das alles zu lang. Wenn die Baufirma kurz vor der Pleite ist, wenn ihm das Wasser bis an den Hals reicht, könnte es schon sein, dass er andere, schnellere Wege zur Lösung seines Problems sucht.«

»Oder?«

»Oder – und das ist vermutlich die einfachste Erklärung, weil er selbst Dreck am Stecken hat.«

Ich musste ihr recht geben. Alles schien aufzugehen. Mercadante kannte Ellwangers Namen, als wir zum ersten Mal mit ihm zusammengetroffen waren. Vermutlich hatte ihm Claudia Moneta ausführlich über sein Treiben auf der Baustelle berichtet. Und jetzt würde Ellwanger eben so lange aus dem Verkehr gezogen, bis der Bau weiterginge und nicht mehr zu stoppen wäre.

Rita schnappte ihre Handtasche. »Vielleicht wird er auch gerade von Mercadantes Leuten bearbeitet, sein Häuschen endlich zu verkaufen?«

»Wenn das tatsächlich so wäre, käme er wohl wenigstens lebendig aus der Sache raus. Und wenn Mercadantes Killer ihn einfach umgebracht haben und anschließend verschwinden ließen?«

Wir stiegen aus und machten uns auf den Weg zum Baubüro. Ich erinnerte mich an meine Begegnung mit dem Phantom gestern Abend.

»Hier, an dieser Tür hat sich der Fastnachtsnarr zu schaffen gemacht, bevor er in den Gärten verschwunden ist«, klärte ich Rita auf.

»Schau mal!«, Rita bückte sich und hob eine Blechkugel von etwa zwei Zentimetern Durchmesser auf. »Ein Glöckchen«, lachte sie und ließ die Kugel rasseln.

»Das muss von seinem Zepter stammen!«

Claudia Moneta empfing uns eisig, bot uns nicht einmal einen Stuhl an. In dem engen Bürocontainer hatte gerade mal ein Schreibtisch, ein Schrank und ein Regal Platz, einige Holzstühle standen an der Wand, an die ein riesiger Geländeplan gepinnt war.

»Was wollen Sie denn von mir wissen?«, fragte Moneta mit einer Mischung von Resignation und gespielter Gelassenheit.

»Uns würde der Bau-Ablauf interessieren. Wann das Fundament gegossen wurde, wann der Tote dort hineingekommen sein könnte«, begann Rita.

Moneta zog gleichmütig einen Ordner aus dem Regal und blätterte darin. »Eine Art Bautagebuch«, erklärte sie wortkarg und nannte uns die gewünschten Daten, die Rita im Stehen mitnotierte.

»Warum untersucht der Kampfmittelbeseitigungsdienst die Baugrube?«, fragte Rita betont sachlich. Sie schien sich ihrem Gesprächsstil anpassen zu wollen.

Die Bauleiterin begann die Geduld zu verlieren und antwortete schnippisch: »Das können Sie sich doch denken! Muss ich Ihnen diese Frage tatsächlich beantworten?«

»Ich wäre Ihnen sehr verbunden«, antwortete Rita mit betonter Höflichkeit, die nun eher provozierend wirkte.

Moneta verschränkte die Arme und sah Rita verächtlich an. »Mittwochnachmittag ging der Sprengsatz hoch. Wir vermuteten einen weiteren Anschlag, was sich glücklicherweise nicht bestätigt hat. Man hat die Ursache inzwischen gefunden, wie Sie vielleicht schon wissen. Unser geschätzter Hobbyarchäologe und ehrenamtlicher Mitarbeiter des Denkmalamtes hatte mit seiner Sonde wohl eine Granate aus dem Zweiten Weltkrieg aufgeweckt, als er da herumwerkelte und die ist dann später hochgegangen. Der Kampfmittelbeseitigungsdienst überprüft jetzt das Gelände auf weitere Blindgänger und wird spätestens morgen damit fertig sein. Dann werden hier auf der Baustelle auch wieder die Räder rollen.«

Rita tat so, als ob sie Monetas Antwort nicht überrascht hätte, und fragte: »Wissen Sie, dass Herr Ellwanger seit Tagen spurlos verschwunden ist?«

Moneta blickte erstaunt auf, dann kniff sie die Augen zusammen und lächelte dünn. »Die erste wirklich gute Nachricht seit Tagen. An seiner Stelle hätte ich mich auch aus dem Staub gemacht.«

»Vielleicht wurde er ja auch entführt?«, hakte Rita nach.

Moneta nickte bedächtig mit dem Kopf. »Ja, das glaube ich auch«, sagte sie sarkastisch, bevor sie regelrecht explodierte. »Haben Sie nichts anderes zu tun, als so unsinniges Zeug für ihr Provinzblatt zu erfinden? Nichts als schlechter Katastrophenjournalismus! Wenn es keine Katastrophen gibt, werden sie eben gemacht!« Sie senkte die Stimme, die nun einen bedrohlichen Ton annahm: »Passen Sie genau auf, was Sie in ihrem Schmierblatt schreiben, daraus lässt sich ganz schnell ein Strick drehen, an dem ich sie dann aufhängen kann. Und jetzt gehen Sie bitte, ich habe Wichtigeres zu tun, als mich mit Ihnen über Ihre ausufernden Fantasien zu unterhalten.«

»Uiuiui«, prustete Rita los, als wir fluchtartig den Container verlassen und uns in ihren Alfa zurückgezogen hatten. »Die ist aber mit den Nerven fertig.«

»Versteh ich nicht, sie persönlich hat doch wegen des Baustopps keine Nachteile.«

»Vielleicht schon, wenn es mit der ›Happobau‹ nicht weitergeht und wenn die Firma möglicherweise Insolvenz anmelden muss, ist sie eventuell ihren Job los und steht auf der Straße.«

Rita gab Gas und fuhr mit Schwung rückwärts aus dem Baugelände. Ich blickte zu Monetas Baubüro hinüber und sah durchs Fenster, wie sie, das Handy am Ohr, lebhaft gestikulierte.

Wir reihten uns in den Abendverkehr der Äußeren Ringstraße ein.

»Die Explosion war also Zufall«, resümierte Rita, »kein gezielter Anschlag.«

Ich suchte nach dem Haltegriff, denn Rita witschte in kühnem Schwung auf die linke Spur, um einen Tanklaster zu überholen. »Zufall schon«, antwortete ich gepresst, denn Rita nützte nun eine Lücke, um sich wieder in die rechte Spur zu quetschen, »aber von Ellwanger ausgelöst, was Moneta und Mercadante noch mehr gegen ihn aufgebracht haben dürfte.«

»Trotzdem: Ellwanger wäre in diesem Punkt entlastet.« Sie schwieg, runzelte die Stirn, schaltete in den nächsthöheren Gang. Dann sagte sie spontan: »Wir müssten unbedingt mehr über den Diebstahl der amputierten Beine im Krankenhaus in Erfahrung bringen.«

»Da wird Böckle mit seinen Leuten schon recherchieren.«

»Also müssen wir versuchen, aus ihm was rauszukitzeln, notfalls mit der Androhung, den Schoppendorfer Krankenhausskandal in der Presse groß aufzumachen, solange er noch ermittelt. Wir müssen doch endlich weiterkommen! Das wär doch auch was für die Landesschau?«

»Davor würde ich schon gern wissen, wer als Täter dafür infrage käme. Wie klaut man amputierte Beine aus dem Krankenhaus?«

Rita bremste im letzten Moment vor einer auf Rot springenden Ampel. »Wer befasst sich dort mit der Entsorgung solcher Körperteile?, müssten wir fragen. Krankenpfleger, Fahrer, Krematorien? Wo ist eine Lücke in der Kette? Darüber müsste eigentlich die Krankenhausverwaltung Bescheid wissen.«

»Bist du übrigens bei deiner Recherche nach Hans Paul Pohl weitergekommen?«

Sie schüttelte den Kopf.

»Sollten wir einfach Mercadante darauf ansprechen? Wir könnten ihn bei dieser Gelegenheit ja auch fragen, wie es Ellwanger geht, und schöne Grüße von uns und seinen Freunden ausrichten lassen.«

Rita lachte kurz. Kaum hatte die Ampel von Rot auf Gelb geschaltet, gab sie Gas, beschleunigte mit hoher Drehzahl und fuhr über die Kreuzung. Ich suchte im Fußraum vor mir wieder instinktiv das Bremspedal.

Sie schaute in den Rückspiegel. »Ich glaube, wir werden verfolgt!«

Ich drehte mich um und sah hinter uns einen schwarzen BMW, der nach links blinkte und auf der linken Spur zum Überholen ansetzte.

»Du siehst Gespenster«, lachte ich.

»Ich fass es nicht!«, rief Rita und deutete mit dem Zeigefinger zum Rückspiegel.

Hinter uns fuhr ebenfalls ein schwarzer BMW, während der erste sich direkt vor uns setzte. Rita ging vom Gas. Beide Fahrzeuge passten sich unserer Geschwindigkeit an. Beide trugen ein Stuttgarter Kennzeichen.

»Die scheinen uns in die Zange zu nehmen«, musste ich nun einräumen.

»Dann wollen wir doch mal sehen, ob ihnen das gelingt!« Rita blinkte nach links und wechselte die Spur. Der BMW kam ihr zuvor und setzte sich vor sie. Rita bremste ab, er ebenfalls. Hinter uns begann es zu hupen.

»Soll ich einfach stehen bleiben?«

»Solange wir fahren, kann uns nicht viel passieren«, gab ich zu Bedenken.

»Du hast recht, wir müssen Sie abhängen«, antwortete Rita entschlossen und beschleunigte wieder. »Da vorn, siehst du die kleine Einmündung? Da bieg ich einfach rechts ab.«

Doch bevor sich Rita einordnen konnte, rückte unser Verfolger auf, setzte sich rechts neben uns auf die Abbiegespur und blockierte sie.

»Dann eben nicht«, lachte Rita finster und bremste abrupt ab. Der Fahrer rechts neben uns schien das Manöver vorausgesehen zu haben, bremste ebenfalls und setzte sich, nachdem wir notgedrungen an der Einmündung vorbeigefahren waren, erneut hinter uns. Wieder wütendes Hupen um uns herum.

»Das ist ja ein Albtraum«, rief Rita wütend, »aber nicht mit mir, Jungs!«

Sie fädelte sich links ein und als die beiden BMWs uns im Konvoi über die nächste Kreuzung zwingen wollten, riss sie mitten auf der Kreuzung das Lenkrad nach links herum, dass ich nach rechts flog und mein Kopf und meine Schulter an der Beifahrertür landeten.

»Achtung!«, schrie Rita etwas verspätet. Sie wendete, obwohl ein blaues Schild unmissverständlich klarmachte, dass bei dieser Kreuzung nur Geradeaus-Fahren erlaubt war!

Mit der Rechten auf der Hupe versuchte sie, ihren Alfa in den fließenden Verkehr der Gegenfahrbahn zu schleusen, während ich meine rechte Schulter rieb. Sie hielt sich dabei ganz links am Grünstreifen, blinkte nach rechts, einige Autos quetschten sich im letzten Moment scharf rechts an uns vorbei, bis sie tatsächlich eine Lücke gefunden hatte und in der Gegenrichtung davonbrauste, dann bei der nächsten Kreuzung abbog und Richtung Innenstadt fuhr.

»Das war knapp«, keuchte sie.

»Du hast sie tatsächlich abgehängt, alle Achtung, aber mit einer Anzeige wirst du rechnen müssen.«

»Das ist mir jetzt, ehrlich gesagt, schnurzegal«, konterte Rita. »Mich beschäftigt mehr, was das eben zu bedeuten hatte.«

Wir warteten wieder vor einer roten Ampel und ich berichtete ihr kurz von meiner Beobachtung, Claudia Monetas wildem Gestikulieren am Telefon. »Sie hat die beiden wohl auf uns gehetzt.«

»Aber woher kamen die so schnell?«

Ich zuckte die Schultern. »Dein roter Alfa ist schon etwas auffällig. Und dass wir unterwegs zur Redaktion waren, konnte sie sich denken.«

»Jedenfalls scheint sie Leute an der Hand zu haben, die uns mit solchen Manövern unter Druck setzen möchten«, resümierte Rita.

Mir fielen die beiden schwarzen Limousinen ein, die ich am Sonntagabend beim »Abstellgleis« gesehen hatte, mit Mercadante und zwei seiner Bodyguards. Ebenfalls BMWs von ähnlicher Größe. Waren es dieselben?

»Ich denke, wir sollten jetzt doch Böckle anrufen und ihm davon berichten. Ich hab die Autonummern notiert. Soll ich jetzt gleich mit dem Handy …?«

»Lass mal«, unterbrach sie mich und fuhr, nachdem die Ampel von Rot auf Gelb geschaltet hatte, zügig los. »Das hat Zeit. Gleich sind wir in der Redaktion. Aber mit Moneta und Mercadante werden wir uns weiter beschäftigen müssen. Das ist so klar wie das Amen in der Kirche. Was wir gerade erlebt haben, war eindeutig ein weiterer Einschüchterungsversuch. Wir müssen herausfinden, welche Rolle die beiden bei der ›Happobau‹ wirklich spielen und ob da nicht doch die Mafia ihre Finger drin hat.«

»Soll ich Mercadante anrufen und ihn direkt darauf ansprechen?«

Nachdem sie rasant die Kurve genommen und in die Robert-Bosch-Straße eingebogen war, antwortete sie lakonisch: »Mercadante wird dir sicher eine interessante Geschichte zu Hans Paul Pohl auftischen. Nein, versuch's doch noch mal beim Firmensitz in Stuttgart, lass deinen Charme sprühen, vielleicht weiß die Kleine am Empfang ja was.«

Sie parkte ihren Wagen auf den Plätzen für die Geschäftsleitung. Ich blickte sie spöttisch an, doch bevor ich etwas sagen konnte, erklärte sie: »Da kommt jetzt niemand mehr, höchstens Nora und die drückt ein Auge zu.«

Auf dem Weg in ihr Büro sprach ich sie auf die Drohbriefe an, ob sie Claudia Moneta diese Aktion zutrauen würde. Rita zuckte die Schultern, schaute im Vorbeigehen bei der Postverteilung mechanisch in ihr Fach und entdeckte einen Brief ohne Absender, ohne Briefmarke und ohne Poststempel.

»Wenn man den Teufel beim Namen nennt …«, murmelte sie, riss den Umschlag auf, während sie weiter ihrem Büro zustrebte, überflog den Inhalt und fuhr sich durch die Haare. In ihrem Büro ließ sie sich auf einen der Schwingsessel fallen und schob mir über den runden Glastisch das Schreiben zu.

Ohne Anrede und ohne Absenderangabe stand da in Druckbuchstaben mit Kuli auf rotem Briefpapier geschrieben folgender Text in Telegrammstil: »Ellwanger von Mafialeuten entführt – Enteignungsverfahren gegen ihn eingeleitet – soll so aussehen, als ob er in aller Hast geflohen sei – wegen der Sache mit der Leiche – sucht in Fiesole. – Cicero«

»Cicero heißt doch Ellwangers Kater!« rief ich verdutzt. »Will uns da einer auf den Arm nehmen?«

Rita stützte ihr Kinn in die Wange und blickte nach oben. Sie sah aus wie Raffaels Engel, nur etwas gesetzter. Dann lehnte sie sich zurück, verschränkte ihre Arme und murmelte: »Fiesole, ist das nicht ein Vorort von Florenz?«

Sie stand auf, ging zu ihrem PC hinüber und hatte in wenigen Sekunden die Bestätigung: »Fiesole ist eine Stadt mit 14.098 Einwohnern in der Provinz Florenz, Region Toskana, Italien. Sie ist reich an Kunstschätzen aus verschiedenen Epochen, Sitz des europäischen Hochschulinstituts und eines katholischen Bischofs.«

»Und der Familie Mercadante«, ergänzte ich. »Nora hatte einmal erwähnt, dass die Familie dort einen Landsitz hat.«

Rita trommelte nervös mit den Fingern auf die Schreibtischplatte. »Aber wer weiß davon und will uns das mitteilen?«

Ich schob ihr den Brief über die Tischplatte zurück. »Jemand, der möchte, dass wir uns auf die Reise in die Toskana machen.«

DIENSTAG 29.9.

Nach dem Frühstück hatte ich mich dazu durchgerungen, gleich heute nach Stuttgart zu fahren und bei der »Happobau« mein Glück zu versuchen. Der Zug kam diesmal einigermaßen pünktlich an, ich hatte ja auch keinen Termin.

Kaum war ich vom Bahnsteig durch den Fußgängertunnel in die Bahnhofshalle gekommen, sah ich Heinz Engel da stehen, in ungewohntem Outfit. Er trug ein dunkles Sakko über seinen Jeans, weißes Hemd und hatte sein wallendes Haar zu einem Pferdeschwanz gebunden. Er studierte die Abfahrtstafel. Gerade wollte ich auf ihn zusteuern, da bemerkte ich, wie er sich von der Informationstafel abwandte, auf ein Paar zuging und es lebhaft begrüßte. Waren das nicht? ... Kein Zweifel! Da standen Claudia Moneta und Silvio Mercadante.

Mercadante drehte sich zu Engel um, rief überrascht: »Enzio!«, schüttelte seine Hand, lachte begeistert und umarmte ihn. Engel und Moneta begrüßten sich dagegen nur mit einem kurzen Zunicken. Dann machten sie sich zu dritt auf den Weg zur großen Treppe beim Hauptausgang.

Ich folgte ihnen in sicherem Abstand durch die Königstraße bis zum Marquardt, dann durch die Bolzstraße Richtung Friedrichsbau. Sie gingen durch die Fußgängerunterführung und blieben an deren Ende bei Häberle und Pfleiderer stehen. Heinz Engel schien Mercadante das Denkmal für die beiden Urstuttgarter Volksschauspieler Oscar Heiler und Willy Reichert zu erklären. Dann stiegen sie die Treppen an den Kaskaden vorbei zum Börsenplatz hoch. Erst vor einigen Jahren war dieser Teil der Schlossstraße in »Börsenplatz« und »Börsenstraße« umbenannt worden. Während sich Engel kurz vor der Börse von den beiden verabschiedete, strebten Claudia Moneta und Mercadante dem massigen Jugenstilbau mit den aufgesetzten Glasstockwerken zu, in dem die Börsianer wirkten. Engel hielt dagegen auf die Volksbank schräg gegenüber zu.

Meine Gedanken überschlugen sich. Wem sollte ich folgen? Woher kannten sich Mercadante und Engel? Was hatte es zu bedeuten, dass sie so vertraulich zueinander waren? Welche Rolle spielte Engel in dieser Geschichte? Wieso begrüßte Mercadante ihn mit »Enzio«? Da fiel mir ein, dass Engel vor seinem Aussteigerleben in den USA ein erfolgreiches Werbeunternehmen geleitet hatte. Clemens Sauter hatte es vor einem Jahr erwähnt, als wir im Kapuzinerkeller saßen und uns mit dieser seltsamen Erpressergeschichte herumschlugen. Die Angst vor »Gift im Brezelteig« sollte den Bäringer Großbäcker zum Zahlen bringen. Was sollte ich an der Börse? Engel war mein Mann! Er würde mir meine Fragen beantworten können.

Durch die hohen Fenster der Volksbank sah ich von der Straße aus Engel auf einem Stuhl in der Kundenhalle sitzen. Er schien zu warten. Ich nutzte die Gunst der Stunde, fasste mir ein Herz, trat ein und ging zielstrebig auf einen Bankautomaten zu. Ganz zufällig drehte ich mich dabei zu ihm hin, tat überrascht und begrüßte ihn.

»Hallo, Herr Niklas, auch schon so früh unterwegs? Ich bin etwas zu früh dran«, erklärte er mir, »mein Zug war diesmal ausnahmsweise pünktlich und mein Gesprächspartner sitzt noch in einer Unterredung.«

Ich setzte mich auf einen freien Stuhl neben ihn und erzählte ihm im Plauderton, wie ich auf die Geschichte mit der Betonleiche gestoßen war, wie mich Rita im »Tempus« darüber informiert hatte, schob nebenbei mein erstes Zusammentreffen mit Mercadante in der Stafflenbergstraße ein und fragte ganz beiläufig, ob er den italienischen Geschäftsmann kenne.

»Und ob«, kicherte Engel, »ich kenne die ganze Familie und Silvio, als er noch ein kleiner Bub war. Ich bin bis heute sein Onkel Enzio geblieben, das ist die italienische Form von ›Heinz‹. Das war in meiner Zeit als Werbeunternehmer in einem meiner früheren Leben, hatte damals viel in Florenz zu tun, wo sein Vater eine große Baufirma hat.«

»Und dann sind Sie ihm wieder in Schoppendorf begegnet?«

Engel sah mich erstaunt an. »Sie wissen, dass Mercadante an diesem unseligen Bauprojekt beteiligt ist?«

»Das bringt mein Beruf so mit sich. Ich habe mich vor Kurzem auch mit seiner Bauleiterin Claudia Moneta unterhalten.«

»Seiner Bauleiterin?«, brauste Engel auf, nahm sich aber schnell wieder zurück. »Ja, das auch.«

Ich horchte auf, fragte ihn, wie er das meine.

Engel wand sich etwas, dann sagte er leise: »Silvio ist unter schlechten Einfluss geraten. Wenn Sie mit Claudia Moneta zu tun haben, müssen Sie vorsichtig sein.«

In diesem Augenblick trat ein Kundenberater der Volksbank auf uns zu und Engel entschwand mit ihm in ein Besprechungszimmer.

Ganz in Gedanken machte ich mich auf den Weg, zunächst doch erst einmal rüber zur Börse. Vielleicht begegnete ich zufällig noch den beiden? Ich streifte erfolglos um das Gebäude herum und blieb bei einem ehemaligen Eingangstor stehen, das zu einer riesigen Schauvitrine umgebaut war. Hinter

Glas in großer Schrift auf einem Poster: *Das Geld ist nicht weg, es hat nur ein anderer.* Wie tröstlich!

Ich nahm den direkten Weg über die Lautenschlagerstraße zum Bahnhof und fand an bekannter Stelle mein Rad, das ich gerne zum Transfer zwischen Stadtmitte und Funkhaus verwendete, fuhr durch den Unteren Schlossgarten, wo manche Bäume schon einen gelben Herbsthauch bekommen hatten, bis zur Villastraße und hoch zum Funkhaus. Dabei gingen mir immer wieder dieselben Fragen durch den Kopf: Was machte Engel in einer Stuttgarter Volksbankfiliale? Hätte er das nicht in Schoppendorf erledigen können? Andererseits hatte er ja sein Häuschen im Stuttgarter Westen. Warum warnte er mich vor Claudia Moneta?

Ich stellte mein Rad an seinem Plätzchen nahe der Tiefgarage ab, schaute zunächst in meinem Büro vorbei, sichtete eingegangene Post, dann ging es zu Fuß über verschlungene Wege durch den Park der Villa Berg zu meiner kleinen Wohnung in der Abelsbergstraße.

Für die Fahrt zur »Happobau« nach Feuerbach wollte ich meinen Käfer nehmen und dann gleich weiter nach Schoppendorf fahren. Diesmal parkte ich direkt vor dem Firmengebäude auf einem der Kundenparkplätze.

Beim Empfang erhielt ich auf meine Frage nach Hans Paul Pohl wieder dieselbe mechanische Antwort: Derzeit nicht zu sprechen.

Ich gab mich als Mitarbeiter des SWR zu erkennen, zeigte dem Mädchen meinen Presseausweis und setzte alles auf eine Karte. »Wir recherchieren über die anstehende Insolvenz der Firma, die vorgesehenen Mitarbeiterentlassungen.«

Sie blickte mich irritiert an. »Darüber kann ich Ihnen keine Auskunft geben.« Sichtlich verunsichert fragte sie mich, wer denn solche Gerüchte ausstreue.

»Nach dem Bauskandal in Schoppendorf ist so manches ans Tageslicht gekommen«, erklärte ich forsch, was sie offensichtlich noch mehr aus dem Gleichgewicht brachte, und setzte noch eins drauf: »Können Sie mir die Telefonnummer Ihres Betriebsrates geben?«

Da müsse sie vorher mit der Geschäftsleitung Rücksprache halten, meinte sie und nahm den Hörer der Haussprechanlage ab.

Ich schüttelte den Kopf, versuchte meinen gesamten Charme in mein Lächeln zu legen, nahm ihr behutsam, aber bestimmt den Hörer aus der Hand und legte ihn wieder auf das Telefon. »Entschuldigen Sie«, sagte ich sanft, »aber mich interessiert, was die Mitarbeiter für Befürchtungen haben. Was mir Herr Mercadante erzählen würde, kann ich mir schon denken.«

Sie lächelte zurück, trat entschlossen hinter ihrem Tresen hervor und fragte mit ausgesuchter Höflichkeit. »Darf ich Sie nach draußen begleiten?«

Ich blickte sie verdutzt an, ein Rauswurf? Da

spürte ich hinter ihrem gewohnheitsmäßig verbindlichen Auftreten ihre Nervosität und bemerkte ein kurzes, angedeutetes Lächeln, begleitet von einer bittenden Kopfbewegung in Richtung Eingangsportal. Ich entschied mich, ihr ohne weitere Nachfragen zu folgen.

Sie hielt mir die Tür auf und raunte mir dabei zu: »Hier drin kann ich nicht offen sprechen, warten Sie in meiner Mittagspause um 13.30 Uhr in der Bäckerei dort drüben auf mich.«

Mir fiel die Videokamera ein, die Rita entdeckt haben wollte, und machte, dass ich nach draußen kam, um den Eindruck des Rauswurfs, den sie offensichtlich erwecken wollte, nicht zu entkräften. Ich setzte mich sofort in meinen Käfer und brauste los. Zwei Straßen weiter fand ich einen einigermaßen akzeptablen Parkplatz, kurz nach einer Hofeinfahrt.

Sie wollte also mit mir sprechen, das war schon einmal ein Erfolg. Vielleicht wollte sie auch nur mehr über die von mir in die Welt gesetzten Gerüchte erfahren? Abwarten, Nils, sagte ich mir. Bis 13.30 Uhr waren es noch 40 Minuten. Sollte ich mir in der Zwischenzeit das Betriebsgelände der »Happobau« näher ansehen? Diesen Gedanken verwarf ich schnell wieder. Wenn mich Mercadante oder jemand anderes von der Geschäftsleitung dabei beobachtete, hätte ich mich schnell verdächtig gemacht.

Kurz nach der vereinbarten Zeit betrat ich die Bäckerei. Gegenüber der Theke schloss sich ein kleines Café an, wenige Tische drängten sich in dem kleinen Raum, der früher vielleicht eine Backstube gewesen war, als die Brezeln und Brötchen noch vor Ort gebacken wurden. Nur wenige Stühle waren besetzt. Ich bestellte mir einen Kaffee und eine Butterbrezel und setzte mich an einen kleinen Zweiertisch ganz hinten in der Ecke.

Kaum hatte ich Platz genommen, kam sie. Ich stand auf, wollte ihr aus der Jacke helfen, fragte sie nach ihrem Namen, doch sie wehrte ab und schüttelte nur kurz den Kopf.

»Besser nicht«, meinte sie leise. Dann schaute sie sich um, lächelte der Verkäuferin kurz zu, setzte sich auf eine Stuhlkante mir gegenüber und sagte leise: »Unter den Mitarbeitern wächst die Angst um die Arbeitsplätze. Die Lohnzahlungen sind seit Tagen überfällig. Die Geschäftsleitung spricht von irgendwelchen PC-Problemen in der Abrechnungsstelle und vertröstet uns. Dabei wissen wir alle, dass die Firma unter massivem Konkurrenzdruck steht.« Sie strich sich eine Strähne aus dem Gesicht und fragte zögernd. »Wissen Sie, wann die Insolvenz kommen soll?«

Ich bekam ein schlechtes Gewissen wegen meiner aus der Luft gegriffenen Behauptungen. Wie sollte ich bloß aus dieser Nummer wieder rauskommen, ohne noch mehr Angst zu schüren? Ich beteuerte, dass es sich um erste Hinweise handelte, ich aber aus Gründen des Informantenschutzes nichts Konkreteres dazu sagen dürfe, deshalb ermittle ich ja. Wie sich denn der Inhaber der Firma, Hans Paul Pohl, dazu äußere?

»Der?«, warf sie impulsiv ein. »Der sitzt doch schon seit Monaten auf den Bahamas und kümmert sich nicht mehr um die Firma!«

»Dann leitet die Geschäfte Herr Mercadante allein?«, hakte ich nach.

»Wenn er nicht gerade mal wieder in Florenz ist«, erklärte sie mit verhaltener Stimme, »dann macht das Frau Moneta.«

»Sie sprachen gerade von massiven Konkurrenzproblemen der ›Happobau‹?«

Sie wandte sich um, blickte scheu nach links und rechts, dann sagte sie leise: »Die Baufirma von Angelo Moneta in Stuttgart-Untertürkheim.«

»Moneta?«

»Der Ex von Claudia Moneta, die jetzt bei uns arbeitet. Seit sie hier ist, scheint es ihm besondere Freude zu machen, uns permanent zu unterbieten.«

Ich fragte sie, was ich ihr bestellen dürfte, aber sie lehnte ab, stand schon wieder auf und wandte sich der Verkäuferin zu, mit der sie kurz zu plaudern begann. Ich trank meinen Kaffee aus, schnappte den Rest meiner Brezel und verzichtete darauf, mich für das aufschlussreiche Gespräch bei ihr zu bedanken. Offensichtlich wollte sie keinerlei Verdacht erregen.

Als ich von der Toilette zurückkam, war sie bereits gegangen. Ich schaute nach meiner Jacke, da erkannte ich die Stimmen von Mercadante und Claudia Moneta. Instinktiv schnappte ich meine Jacke vom Garderobehaken und drückte mich in den schmalen Gang zur Toilette. Mercadante und Moneta setzten sich an einen Tisch, kaum drei Meter von mir entfernt. Wie konnte ich bloß von hier verschwinden, ohne dass die beiden mich sahen?

Wortfetzen ihres Gesprächs drangen an mein Ohr. Mercadante sprach von Ellwanger. Er sei schon sehr darauf gespannt, was die Senioren sich als Nächstes einfallen ließen. Aus Monetas Antwort hörte ich heraus: »… sei angeblich verschwunden, … müsste ihn endgültig aus dem Verkehr ziehen …« Mercadante lachte, er wüsste da schon, wen man damit beauftragen könnte. Beide lachten. Moneta sprach von Ritas Artikel, erwähnte die Mafia. – Stille. – Dann wechselten sie das Thema und sprachen von einem anderen Bauprojekt.

Plötzlich stand Claudia Moneta auf. Jetzt wird's heiß, dachte ich mir. Sollte ich mich in der Herrentoilette einschließen und dann wer-weiß-wie-lang warten, um ihnen dann doch noch über den Weg zu laufen? Oder sollte ich einfach die Tür am Ende des Ganges öffnen, egal, wohin sie führte? Aber wenn sie verschlossen war? Ich hatte keine Zeit mehr für weitere Überlegungen, hastete nach hinten, drückte die Klinke und stand im Laden. Ich grinste die Verkäuferin hilflos an, zuckte die Schultern und hoffte, sie würde mich nicht ansprechen. Gott sei Dank! Sie lächelte zurück und bediente ihre Kundin weiter. So unauffällig wie möglich schlüpfte ich aus der Bäckerei und eilte davon.

Am Nachmittag traf ich mich mit Rita im »Rialto«. Schon von Weitem winkte sie mir von einem der Tische zu, die sich vor dem Eiscafé ausbreiteten und die Hälfte der Fußgängerpromenade der Kaiserallee einnahmen. Brunhilde lag zu ihren Füßen. Kaum hatte ich mich zu ihr gesetzt, stellte sich die Dackeldame auf die Hinterbeine und legte mir schwanzwedelnd ihre Pfoten aufs Knie.

»Pfui, Brunhilde!« Rita zog sie an der Leine zurück.

»Lass sie, ich freu mich doch über so eine freundliche Begrüßung«, lachte ich und wuschelte Brunhilde über den Kopf, was sie fiepsend quittierte.

»Du schon«, grummelte Rita, »aber bei Fremden macht sie das auch und das gibt manchmal ganz schön Ärger. Überall muss sie sich ihre Streicheleinheiten abholen.« Sie fuhr mit der Hand über Brunhildes Kopf und der Rauhaardackel legte sich wieder brav vor ihre Füße.

Ich bestellte mir eine Latte Macchiato.

»Und, wie war's in der Höhle des Löwen?«, bohrte Rita.

Ich berichtete ihr von meinem Gespräch mit der Empfangsdame bei der »Happobau« in Stuttgart-Feuerbach und sie nickte anerkennend.

»Na also. Wieder ein paar Puzzleteilchen mehr. Mercadante steht also unter Druck und wenn es in Schoppendorf nicht bald weitergeht mit seinem Bauprojekt wird's für ihn, seine Bank und die ›Happobau‹ eng. Hans Paul Pohl, der Pro-forma-Geschäftsinhaber ist offensichtlich aus dem Rennen und die Moneta wohl nicht nur Bauleiterin vor Ort, sondern auch enge Vertraute von Mercadante.«

Ich erzählte ihr von meiner Verfolgungsjagd vom Stuttgarter Bahnhof zur Börse und von meinem anschließenden Gespräch mit Engel in der Volksbankfiliale gegenüber der Stuttgarter Börse. »Und da ist noch was«, schob ich nach. »Claudia Moneta war mit Angelo Moneta, dem Inhaber einer Baufirma in Stuttgart-Untertürkheim verheiratet, bevor sie zu ›Happobau‹ ging. Offensichtlich gibt es inzwischen ein regelrechtes Konkurrenz-Hickhack zwischen beiden Baufirmen.«

»Du meinst, die eine schnappt der anderen die Aufträge weg?«, fragte Rita nach.

»Vor allem Angelo Moneta der ›Happobau‹, wenn ich das Mädchen richtig verstanden habe.«

»Ein richtiger Kleinkrieg also«, meinte Rita nachdenklich, »das könnte auch ein Grund für Sabotage sein.«

»Wie meinst du das?«

»Na, die zwei Beine im Beton könnten dann auch auf das Konto von diesem Angelo Moneta gehen, oder von einem seiner Leute, die er mit solchen Aufträgen beschäftigt. Überleg doch mal: Wenn ›Happobau‹ aus dem Rennen ist, bekommt Angelo Moneta mehr Aufträge – und seiner Ex hat er auch gleich eins ausgewischt.«

Ich erzählte ihr von meinen peinlichen Minuten bei den Toiletten des Bäckereicafés.

»Du Armer«, Rita bedauerte mich mit einem ironischen Lächeln. Dann zeigte sie mit ihrem Eislöffel in meine Richtung. »Was du da von dem Gespräch der beiden mitgekriegt hast, klingt interessant, wirklich, kann aber auch alles ganz harmlos gewesen sein.«

»Wie war das mit Mercadantes Kontakten zur Mafia?«, fragte ich nach.

»Meine Quellen sprachen von einem Verdacht, dass seine Bank Mafiaguthaben reingewaschen haben soll«, relativierte Rita.

»Nehmen wir mal an, das träfe zu. Dann wäre doch auch nicht auszuschließen, dass ihm Mafialeute einen Gefallen tun und Ellwanger ›endgültig aus dem Verkehr ziehen‹, wie die Moneta sagte. Denk doch mal an den anonymen Brief, wir sollten Ellwanger in Fiesole suchen.«

Rita zog die Stirn in Falten. »Meinst du, Claudia Moneta hatte tatsächlich keine Ahnung von Ellwangers Verschwinden?«

»Zumindest hat sie so getan. Mercadante hat ihr in diesem Café in Feuerbach auch nicht eindeutig darauf geantwortet«, gab ich zu.

»Das heißt aber noch lange nicht, dass die beiden nicht mehr wissen oder doch selbst dahinterstecken. Vielleicht wollten sie im Café nicht so deutlich darüber reden?« Rita schwieg, dachte einen Moment nach, schüttelte den Kopf, dann sagte sie: »Wir dürfen uns nicht vom Nächstliegenden ablenken lassen. Und das wäre die Frage: Wer könnte ein Interesse daran haben, uns Informationen über einen möglichen Aufenthaltsort von Ellwanger in einem anonymen Brief zuzuspielen?«

»Eigentlich nur jemand aus dem direkten persönlichen Umfeld von Ellwanger. Und zwar jemand, der erstaunlich gut informiert ist, aber selbst im Hintergrund bleiben möchte«, schlussfolgerte ich.

»Und der möchte, dass wir Ellwanger helfen«, ergänzte Rita.

»Engel? Vadore? Oder gar der Schiller? Was weiß ich? Vielleicht auch irgendein anderer von den Schrebergärtnern, der uns bisher noch gar nicht aufgefallen ist?«

Rita legte den Zeigefinger an ihre Nase, um ihn anschließend auf mich zu richten. »Es gäbe auch noch eine andere Möglichkeit.«

»Etwa ich?«

Rita lachte. »Ich traue dir schon einiges zu, aber ich meine ganz was anderes. Nehmen wir mal an, Ellwanger steckt hinter der inszenierten Betonleiche. Könnte er uns dann nicht auch gerade seine eigene Entführung vorspielen?«

»Du meinst, er hätte dann selber den anonymen Brief geschrieben?«

»Das wäre doch zumindest eine Theorie: Er verlässt sein Häuschen, in dem er einen Einbruch vortäuscht, er weiß, dass Vadore irgendwann nach ihm sieht, kann sich seine Reaktion ausmalen, wenn er die offenen Türen und das ganze Durcheinander sieht, die Presse berichtet darüber, Mercadante gerät in Verdacht.« Sie redete sich in Fahrt: »Auch dieser Brief von ›Angelo‹ könnte von ihm stammen. Er legt eine Spur nach Fiesole, wo Mercadante vermutlich wohnt, wenn er in Florenz ist. Sieh doch mal – Ellwanger kämpft mit allen Bandagen, sein Häuschen zu retten. Dann könnte Ellwanger auch der Fasnetsnarr gewesen sein, der beim ›Echo‹ und bei der Baustelle nachts herumgeistert – mit einer Maske, die derjenigen in seinem Schuppen täuschend ähnlich sieht.«

»Glaube ich nicht«, sagte ich bestimmt, »diese vermummte Gestalt war kleiner als Ellwanger und vor allem nicht so kräftig wie er, sie sah eher wie ein Halbwüchsiger aus, klein und flink. Aber was du da eben als Theorie entwickelt hast, das klingt tatsächlich alles recht plausibel. Ich glaube, wir sollten Kommissar Böckle informieren.«

Rita winkte ab. »Ich hab heut Vormittag schon ausgiebig mit ihm gesprochen. Er hat mich wegen des Artikels angerufen und ich hab ihn ein bisschen unter Druck gesetzt. Du weißt schon, der nächste

Schoppendorfer Skandal, der Diebstahl der amputierten Beine aus dem Krankenhaus.«

Ich stellte mein leeres Eiskaffee-Glas ab und versuchte, unbemerkt Brunhilde einen der beiden Kekse zukommen zu lassen, der auf dem Unterteller mitserviert worden war. Es klappte. Rita holte gerade Luft, um weiterzusprechen, doch kam ich ihr zuvor: »Und? Hat Böckle schon was rausgefunden?«

Rita winkte ab. »Nur, dass das Krankenhaus wohl kein ausgesprochen großes Interesse daran hat, bei der Aufklärung mitzuwirken, alles sei vorschriftsmäßig abgelaufen, ein Diebstahl amputierter Gliedmaßen sei völlig auszuschließen.«

»Dann haben sich die Beine wohl allein auf den Weg gemacht«, witzelte ich und wandte mich Brunhilde zu, die schwanzwedelnd zu mir aufsah und auf den nächsten Keks wartete. Ich kraulte ihren Hinterkopf.

Rita sah nicht hin und setzte ihren Bericht fort: »Ich hab ihm dann am Telefon den anonymen Brief vorgelesen und da wurde er hellhörig. Nach 20 Minuten stand er bei mir im Büro und hat den Wisch an sich genommen. Wir haben auch über das Narrenwappen und die Maske in Ellwangers Schuppen gesprochen. Böckle wusste diesmal Bescheid. Es soll sich um eine Horber Narrenfigur, den ›Stäpfeleshopser‹ handeln.«

Ich musste lachen, als ich den seltsamen Namen hörte, und Rita klärte mich auf.

»Seinen Namen hat er von den vielen Horber Staffeln – ›Stäpfele‹ –, die vom Neckar in die Stadt hinaufführen. Böckle versucht zu überprüfen, in welchem Verhältnis Ellwanger zu der Horber Narrenzunft steht, ob er dort bekannt ist.«

»Hast du auch über den merkwürdigen Fasnachtsnarren mit ihm gesprochen, der nachts herumgeistert?«

Rita nickte. »Das will er ebenfalls nachprüfen. Übrigens: die Kripo ermittelt auch gegen Mercadante und scheint dabei schon eine Spur zu verfolgen, die zur Mafia in Stuttgart führt. Die Kennzeichen der beiden schwarzen BMW-Limousinen lässt er auch überprüfen. Unsere bisherigen Erkenntnisse haben Böckle nicht einmal überrascht. Er hat uns aber dringend gebeten, weitere Ermittlungen der Polizei zu überlassen. Wenn tatsächlich die Mafia ihre Finger in der Entführung drin hätte, würde es auch für uns lebensgefährlich.«

Ich nahm den zweiten Keks, ließ meine Hand locker nach unten hängen und spürte nach wenigen Sekunden Brunhildes feuchte Schnauze in meiner hohlen Hand. Beiläufig fragte ich: »Hat er was zum Einbruch bei Ellwanger gesagt?«

Rita blickte zu Brunhilde hinunter, die noch am letzten Rest des Kekses knabberte, und meinte schmunzelnd: »Sie scheint den Infekt überwunden zu haben. Da drück ich mal ein Auge zu, ihr zwei Halunken! Aber zu deiner Frage: Die Spurensicherung hat wenig Hinweise gefunden und die Auswertungen sind noch nicht abgeschlossen.«

»Und das Gold in seinem Schuppen?«

»Das ist der Hammer!«, lachte Rita. »Da sind wir alle gründlich reingefallen, selbst Böckle. Ein Sachverständiger, den die Kripo hinzugezogen hat, schaute nur kurz hin und bezeichnete das Gold in den Kisten als wertloses Katzengold, Pyrit, das immer wieder mit Gold verwechselt wird. Deshalb wird es auch ›Narrengold‹, im Englischen ›fool's gold‹ genannt.«

»Aber es sah doch ganz echt aus!«

»Wenn wir genauer nachgesehen hätten, wären wir selber drauf gekommen. Auf dem Boden der Kisten hat der Sachverständige eine genaue Fundbeschreibung Ellwangers entdeckt. Er hat das Zeug im Schwarzwald und in Oberfranken gesammelt und jeden einzelnen Brocken nummeriert, beschrieben und datiert. Einige andere Kisten mit archäologischen Fundstücken hat Böckle dem Landesamt für Denkmalpflege übergeben.«

»Da wird Ellwanger sich aber freuen!«, warf ich ironisch ein.

Rita zog ihre Stirne kraus. »Wenn der jetzt nicht gerade ganz andere Sorgen hat. Übrigens – eine Enteignung Ellwangers gegen Entschädigung kann Böckle nicht ausschließen. Er hat zwar sein Häuschen rechtmäßig vor Jahren von der Bahn gekauft, aber es liegt im selben Bereich wie die Schrebergärten, und der Flächennutzungsplan für das Gelände wurde zugunsten des Großprojekts abgeändert.«

»Dann steht ihm tatsächlich das Wasser bis zum Hals.«

Sie nickte. »Sieht so aus. Das Landesamt für Denkmalpflege will jedenfalls keinen Dringlichkeitsantrag stellen und auch keine Notgrabung veranlassen, hat die zuständige Sachbearbeiterin Böckle wissen lassen.«

»Das hat mir die Horsovsky schon vor Tagen erklärt«, bestätigte ich und setzte zu einer längeren Erklärung an, während Brunhilde mit ihrer Nase an meine Wade stupste und auffordernd zu mir hochsah. »Außerdem ist die untere Denkmalschutzbehörde mit der kommunalen Baurechtsbehörde verbunden und die Stadtverwaltung von Schoppendorf hat anscheinend – auch wenn der OB was anderes behauptet – ein deutliches Interesse an diesem städtebaulichen Projekt. Da müsste schon das Regierungspräsidium als die obere Denkmalschutzbehörde dreinfunken oder gar das Finanzministerium als alleroberste Denkmalschutzbehörde und das ist alles andere als wahrscheinlich.« Ich gab Brunhilde ein deutliches Zeichen, dass die Fütterung beendet sei.

Rita blickte mich verständnislos an. »Und? Was war das jetzt? Was willst du mir damit sagen?«

Ich schüttelte den Kopf. »Verstehst du das denn nicht? Das Landesamt für Denkmalpflege zieht im kritischen Fall immer den Kürzeren. Das wissen doch die Beamten dort!«

Sie rührte in ihrem Eisbecher, spießte eine Erdbeere auf und warf die Gabel samt Erdbeere in den Becher zurück.

»Das hilft uns jetzt wirklich nicht weiter«, meinte sie ärgerlich. »Wir müssen uns noch einmal intensiver mit den Schrebergärtnern beschäftigen. Es ist doch sonnenklar, dass Ellwanger – falls er wirklich selbst der Täter sein sollte – nicht allein gehandelt hat. Die halten doch alle zusammen wie Pech und Schwefel!«

Ich druckste herum: »Rita, ich glaube das musst du dann alleine machen. Mein Urlaub geht zu Ende und ich habe meinem Bruder versprochen, mit ihm die letzten drei Tage am Bodensee zu wandern. Wir haben das schon vor Wochen fest ausgemacht. Versteh mich recht: Der Fall interessiert mich wirklich, nur – ich kann meinen Urlaub nicht einfach weiter verlängern. Aber ich verspreche dir: Ich bleib dran, kann auch in Stuttgart den ein oder anderen Termin unterbringen, wenn es nötig wird. Und ich hoffe, dass du mich auf dem Laufenden hältst.«

Rita nickte, ohne ein Wort zu sagen, nahm die Gabel aus dem Glas und steckte sich die Erdbeere in den Mund.

MITTWOCH 30.9.

Gegen elf packte ich meine Sachen in den Käfer, dann kochte ich zum Abschied für Frau Eisele: Ein Süppchen aus Karotten und Ingwer, Zitronenhühnchen mit Reisbällchen und Birne in Weißweinsoße mit Vanilleeis zum Nachtisch.

Sie war restlos begeistert, erzählte nebenbei von ihrer Tochter und ihrem Schwiegersohn in Bäringen, dass sich die Aufregung um die Grundschule längst gelegt habe, nachdem die Kinder der Bäringer Honoratioren glücklich alle im Schoppendorfer Gymnasium gelandet seien. Jetzt sei dort der Teufel los.

Zum Dessert sprach sie mich auf das Rangierbahnhofprojekt an: »Wie soll's jetzt eigentlich mit dem Bau weitergeha? Nach allem, was passiert isch, kann mer doch net oifach weitermacha, als ob nix g'wäsa wär?

»Ich fürchte schon«, widersprach ich ihr. »Wenn der Wirbel sich gelegt hat, werden auch die Baumaschinen wieder rollen. Die Baufirmen reißen sich um die Aufträge. Wenn der einen das Geld ausgeht, steht schon die nächste bereit.«

Beim Abräumen schärfte sie mir ein, ich solle bloß aufpassen, damit mir nicht auch noch ein Unglück passiere. Dann seufzte sie, schade, dass mein Urlaub zu Ende gehe und sie jetzt wieder allein in ihrem Häuschen sei. Aber dass ich heute Abend wieder nach Stuttgart fahre, beruhige sie auch ein bisschen. Da sei ich jetzt aus der Schusslinie. Ich musste ihr versprechen, sie ja bald wieder zu besuchen.

Nach einem Kaffee verabschiedete ich mich von Frau Eisele, sie begleitete mich bis vor die Haustür und winkte mir nach.

Anschließend fuhr ich wie versprochen in der Redaktion vorbei. Rita, Nora und Susanne warteten schon auf mich. Susanne hatte ein kleines Geschenk für mich gekauft, schön verpackt. Sie hielt es mir vor die Nase und ließ es hin und her baumeln. Als ich das Päckchen auswickelte, kam ein Schlüsselanhänger mit Engelchen und Teufelchen raus. Ich könne mir aussuchen, ob ich Engelchen oder Teufelchen sei. Rita verdrehte die Augen.

Nach dem gemeinsamen Kaffee in der Kantine ging ich mit Rita noch einmal kurz in ihr Büro.

»Apropos Angelo Moneta als Hauptkonkurrent der ›Happobau‹«, legte sie los, als sie die Tür hinter sich geschlossen hatte, »da hat uns die Sekretärin von Mercadante einen interessanten Hinweis gegeben. Ich hab einiges über ihn herausgefunden. Die Firma war mehrfach in den Schlagzeilen wegen unterbezahlten Leiharbeitern, auch wegen Verdachts der Beschäftigung von Schwarzarbeitern. Die Familie stammt ursprünglich aus Rom. Angelo Monetas Urgroßvater hat kurz vor dem Ersten Weltkrieg die Firma in Stuttgart gegründet, war am Bau des Stuttgarter Hauptbahnhofs beteiligt und hat in den 20er-Jahren Gastarbeiter für den Weiterbau des Hauptbahnhofs aus Italien nach Stuttgart vermittelt. Moneta junior mischt bei Stuttgart 21 mit.«

»Gab es nicht vor Kurzem einen Artikel in der Stuttgarter Zeitung, dass die Mafia beim Geschäft mit Leiharbeitern und Schwarzarbeitern kräftig verdienen soll?«

Rita nickte. »Den hab ich auch bei meiner Recherche gefunden, warte mal, das hab ich mir doch irgendwo aufgeschrieben.« Sie suchte in ihrem Ablagekorb und fischte einen Notizzettel heraus. »In diesem Artikel stand: Süditaliener mit Bezügen zur Cosa Nostra würden weiterhin an Rhein und Ruhr Schwarzarbeiterkolonnen steuern. Und vom Rhein ist es nicht weit zum Neckar!«

»Dort sind Sie längst angekommen«, warf ich ein. »Ich war vor ein paar Wochen auf einer Diskussionsveranstaltung in der Stuttgarter Stadtbibliothek, wo auch der Leiter der Abteilung ›Organisierte Kriminalität‹ beim Landeskriminalamt gesprochen hat. Er hat erklärt, dass bei uns die Mafia noch nicht ernst genug genommen wird. In keinem Bundesland leben so viele Mafiosi wie in Baden-Württemberg. Stuttgart gelte als Hochburg der Mafia.«

Rita stützte ihr Kinn in die angewinkelte Rechte, ihre Augen blitzten spöttisch: »Da gab es doch diesen baden-württembergischen Ministerpräsidenten, der jahrelang Fraktionsfeste seiner Partei von einem Mafiagastronomen hat ausrichten lassen.«

»Das war damals ein ganz schöner Skandal«, bestätigte ich. »Und eben dieser Mafiawirt hat Öttingers Partei Spenden von mehreren Tausend Euro zukommen lassen.«

Rita runzelte die Stirn, lehnte sich in ihrem Drehstuhl zurück und sagte düster: »Zurück zu Angelo Moneta: Hier gibt es sogar eine brandheiße Spur zur Mafia. Ich habe mit Böckle telefoniert. Als ich auf Moneta zu sprechen kam, hat er mich scharf zurückgepfiffen. ›Die Mafiosi überlassen Sie mal schön der Polizei‹, hat er gesagt, ›nicht, dass Sie uns im letzten Moment noch eine Festnahme vermasseln.‹ Das kann doch nur heißen, die Polizei steht kurz vor der Aufklärung des Falls und diese Hinweise sind wohl eindeutig!«

Mir schwante nichts Gutes: »Was hast du vor?«

»Diesen Spuren gehe ich jetzt nach«, antwortete Rita trotzig. »Ich weiß noch nicht, wie ich das anstelle, aber mein ursprünglicher Verdacht, dass wir es auch beim Schoppendorfer Bauskandal mit Machtkämpfen mafiöser Einflussgruppen zu tun haben, scheint sich langsam zu bestätigen.«

Ich atmete kräftig durch. »Sei bloß vorsichtig«, schärfte ich ihr zum Abschied ein. »Denk an die beiden Stuttgarter Limousinen, die uns in die Zange genommen haben, denk an die Warnung von Kommissar Böckle! Bei der Jagd von Mafiosi sollen sich lieber die Profis ihre Finger verbrennen. Für uns Journalisten ist das eine Nummer zu groß! Auch für dich!«

DONNERSTAG 1.10., SAMSTAG 3.10.

Donnerstagfrüh joggte ich noch einmal meine tägliche Strecke im Park der Villa Berg, nahe meiner Wohnung, bevor die Fahrt an den Bodensee beginnen sollte. Mein Weg führte mich am Funkstudio vorbei, direkt neben der alten Villa Berg gelegen, die bei genauerer Betrachtung mehr einem Schlösschen glich. Schade eigentlich, dass dieses einstige Schmuckstück so heruntergekommen war. Vor etwas mehr als 150 Jahren im Stil eines italienischen Landsitzes erbaut, schlummerte sie seit Jahrzehnten in einem Dornröschenschlaf und träumte von den Zeiten, als sie noch Sommerresidenz des württembergischen Kronprinzen und späteren Königs Karl war. Vor einigen Jahren hatte der SWR die Villa an einen Investor verkauft, der bald darauf in Konkurs ging. Wenigstens der Park war im Besitz der Stadt Stuttgart geblieben und dadurch allen Anwohnern zugänglich.

Zum Funkhaus war es nur ein kleiner Umweg und so ließ ich mich verleiten, meinem Büro einen kurzen Besuch abzustatten, hörte den Anrufbeantworter ab und schaute meine Post durch. Zwischen den Briefen steckte eine bunte Ansichtskarte. Ich schaute näher hin: Vier kleine Detailbilder um einen Ortsnamen gruppiert – Fiesole! Ich war wie elektrisiert. Sofort fiel mir der anonyme Brief ein, den Rita bekommen hatte: »Sucht in Fiesole«. Ich drehte die Karte um und fand auf der Rückseite nur ein Zitat vor: *»Jeder Mensch kann sich irren, doch ein Narr verharrt im Irrtum.* Cicero«

Die Karte enthielt keine Adresse, keine Briefmarke, keinen Poststempel, keine Unterschrift.

Wer hatte sie in mein Postfach lanciert?

Ganz in Gedanken machte ich mich auf den Weg zu meiner Wohnung. Wollte mir der Schreiber dieser Karte signalisieren, dass wir mit unseren Vermutungen auf der falschen Spur wären? Aber wer könnte davon wissen, worüber Rita und ich in den letzten Tagen geredet hatten? Und eine sichere Spur hatten wir ja gar nicht! Oder trieb jemand ein Verwirrspiel mit uns? Vielleicht Ellwanger, der Cicero-Freak, aus irgendeinem sicheren Versteck heraus? Gut informiert durch seine Kumpane? Vielleicht Mercadante, der italienische Grandseigneur aus Fiesole, der ja zurzeit in Stuttgart unterwegs war? Gab es einen Zusammenhang zwischen Ritas Brief und dieser Karte?

Meinen Rucksack hatte ich schon im Wagen. Zum Mittagessen hatte ich mich mit Thomas in Konstanz verabredet. Kurz nach neun zuckelte ich frisch geduscht mit meinem bejahrten Käfer südwärts, an der Staatsgalerie, am Theater, am Landtag, am Haus der Geschichte und an der Landesbibliothek vorbei zum Charlottenplatz, dann über die Neue Weinsteige hinauf zur Autobahn.

Vier Stunden später schaute ich mit Thomas in die blauen Fluten des Schwäbischen Meeres – auf der badischen Seite! Die Autos hatten wir auf einem Parkplatz in der Nähe der Uni Konstanz abgestellt, zu Fuß eine halbe Stunde von der Mainau entfernt, wo wir jetzt beisammensaßen und die milde Herbstsonne genossen – in einem Gartenrestaurant, bei Felchen und einem Gläschen Bermatinger. Thomas hatte eine Wanderkarte aufgeschlagen und erklärte mir unsere Route.

Unsere Unternehmung auf dem neuen »Premiumwanderweg« sollte uns rund um den Überlinger See führen, von der Mainau zur Marienschlucht und über Bodman nach Ludwigshafen, dann an Sipplingen vorbei nach Überlingen und weiter über Unteruhldingen nach Meersburg, wo wir mit der Fähre wieder hinüber nach Konstanz-Staad übersetzen wollten.

Samstag saßen wir zum Mittagessen in einem schönen Weinlokal in Unteruhldingen am Bodenseeufer und genossen die Aussicht über den See. So kurz vor dem Ziel unserer Wanderung betrachteten wir nicht ohne Stolz unsere Route, die wir von Dingelsdorf bis Bodman am gegenüberliegenden Ufer verfolgen konnten. Die Berge grüßten hinter dem blauen Horizont und die Sonnenstrahlen glitzerten im See. Da düdelte mein Handy.

»Hallo, Susanne! ... Ja, wir haben prächtiges Herbstwetter ... heute ist unsere letzte Etappe, von Überlingen nach Meersburg ... Nein! ... Was? ... Bist du dir ganz sicher? ... Ja, wir könnten uns am Sonntag in Stuttgart treffen ... Ich weiß nicht, es könnte heute Abend ziemlich spät werden ... Ja, kenn ich ... Also dann Sonntagvormittag um elf im Café ›Treppe‹ am Schlossplatz! ... Tschüss, dir auch!«

»Ruft die Arbeit? Lassen die lieben Kollegen dir nicht mal im Urlaub Ruhe?«, spottete Thomas.

Ich winkte ab. »Nee, das war nur eine gute Bekannte aus Schoppendorf. Ihre Freundin ist plötzlich spurlos verschwunden.«

»Und da ruft sie dich an? Wirklich nur eine ›gute Bekannte‹?« Thomas deutete die Gänsefüßchen mit gekrümmten Zeigefingern an und lachte hinterhältig.

»Ich hab dir doch von der Geschichte um das Bauprojekt in Schoppendorf erzählt«, erklärte ich meinem Bruder. »Zuerst ist dieser Rentner spurlos verschwunden und jetzt die Leiterin des Lokalressorts des ›Schoppendorfer Echos‹, Rita Delbosco. Sie hat angekündigt, Mafiaspuren nachzugehen. Langsam mach ich mir wirklich Sorgen.«

»Vor Kurzem hab ich in Mannheim eine interessante Ausstellung gesehen«, berichtete Thomas. »›Tatort. Die Mafia in Mannheim und Italien‹ – oder so ähnlich. Mannheim gilt anscheinend als bevorzugter Rückzugsort der Mafia.«

»Stuttgart auch«, bestätigte ich. »Ich erinnere mich an einen Bericht in der Stuttgarter Zeitung, dass die Mafia vor allem im Baugewerbe in der Region am mittleren Neckar mitmischt. Das macht mich jetzt nicht ruhiger.«

Ich erzählte Thomas von unserem Erlebnis mit den beiden schwarzen BMWs auf der Äußeren Ringstraße in Schoppendorf.

»Mannomann, da habt ihr aber noch mal Glück gehabt!« staunte er. »Und diese Rita hat die beiden tatsächlich abgehängt? Mit der möchte ich auch mal Auto fahren.«

»Das ist nicht immer das pure Vergnügen!«

Er nahm einen Schluck Wein und fragte mich nachdenklich: »Wusstest du, dass eine Mitgliedschaft in der Mafia in Italien verboten ist, aber in Baden-Württemberg nicht?«

SONNTAG
4.10.

Mit gemischten Gefühlen machte ich mich Sonntag früh nach einem kurzen Kaffee auf den Weg, runter zum SWR-Gebäude, wo ich morgen wieder anfangen durfte, dann hinüber zum Schlossgarten und durch die Parkanlagen, die von der Großbaustelle von Stuttgart 21 unterbrochen waren, zum Neuen Schloss und weiter an der Jupitergigantensäule vor dem Lapidarium vorbei zum Schlossplatz. Da ich weder von Rita noch von Susanne etwas gehört hatte, musste ich davon ausgehen, dass Rita immer noch verschollen war. Der Himmel hatte sich eingetrübt und es roch nach Regen.

Kurz vor dem Café »Treppe« sah ich Susanne, die auf der Königstraße aus Richtung Hauptbahnhof angetrabt kam. Bevor ich etwas sagen konnte, flog sie mir um den Hals, Küsschen links, Küsschen rechts, dann schaute sie mich mit großen Augen an. »Und was machen wir jetzt?«

»Jetzt gehen wir erst mal frühstücken!« Ich suchte meiner Stimme einen fröhlichen, unbefangenen Ton zu geben. »Dann erzählst du mir der Reihe nach, was passiert ist.«

Wir fanden ein Plätzchen, hinten neben der Fensterfront zu den Königsbaupassagen, direkt bei der eindrucksvollen Holzwand und einem futuristischen Leuchter.

Am Freitagvormittag hätten sie in der Redaktionskonferenz vergeblich auf Rita gewartet, begann Susanne ihren Bericht. Als sie auch am Nachmittag nicht erschienen war, hätte sie immer wieder versucht, Rita telefonisch zu erreichen. Sie habe in Ritas Büro nachgesehen, ob da irgendwo ein Hinweis zu finden sei und hätte auf dem Schreibtisch ihr Handy und ihr Notebook gefunden.

»Spätestens da war mir klar, dass was nicht stimmt. Ohne ihr Smartphone geht Rita nirgendwo hin!«

Cappuccino und Croissants wurden serviert. Susanne achtete nicht drauf.

»Dann bin ich zu ihr nach Hause gefahren. Hab ja noch einen Schlüssel. Nichts, kein Hinweis, wo sie sein könnte. Auf dem Parkplatz vor dem Haus stand ihr Wagen! Sie hat sich zu Fuß auf den Weg gemacht!«

»Und Brunhilde?«, fragte ich dazwischen, bevor ich einen Schluck Cappuccino nahm.

»Keine Ahnung! Ich dachte zunächst, vielleicht wäre sie mit ihr beim Tierarzt, Brunhilde hatte ja Magenprobleme vor ein paar Tagen. Aber in die Tierarztpraxis wäre sie mit dem Auto gefahren. Am

Samstag ist sie auch nicht aufgetaucht, kein Anruf in der Redaktion, niemand weiß Bescheid, da habe ich mir ernstlich Sorgen gemacht und mich bei dir gemeldet!«

»Das klingt schon etwas merkwürdig«, gab ich zu, »allerdings – wenn sie kein Handy und kein Notebook dabeihat, kann sie auch nicht so ohne Weiteres anrufen oder mailen, wenn sie irgendwo unterwegs ist.«

Susanne saß wie erschlagen vor ihrem Cappuccino und ihrem Croissant, hatte beides nicht angerührt. »Ich kann jetzt nicht frühstücken«, klagte sie und schob den Kaffee weit von sich weg.

»Kennst du Angehörige, Freunde von ihr?«

»Da hab ich doch überall schon angerufen! Ich hatte so gehofft, dass sie spontan mit euch wandern gegangen sei. Sollen wir jetzt nicht die Polizei einschalten?«

Ich starrte betroffen auf den Tisch. Böckle hatte Rita ja vor der Mafia gewarnt. Aber dass Mercadante oder irgendwer sonst auch Rita aus dem Verkehr ziehen wollte, konnte ich mir beim besten Willen nicht vorstellen. Hing ihr Verschwinden mit ihren angekündigten Erkundigungen über die Baufirma von Angelo Moneta zusammen?

Ich schob die düsteren Gedanken beiseite. Es musste eine einfache Erklärung für alles geben! Vielleicht hatte Thomas ja recht gehabt mit seiner Vermutung, Rita hätte eben dringend Ruhe gebraucht nach den aufregenden Tagen der letzten Woche. Aber ohne ihren Wagen und ohne sich abzumelden?

»Warten wir noch einen Tag«, schlug ich vor. »Wenn sie bis Montagabend nicht aufgetaucht ist, schalten wir die Polizei ein. Hast du schon in den Krankenhäusern angerufen?«

Susanne starrte mich entsetzt an und schüttelte wortlos den Kopf.

»Zunächst müssten wir herausfinden, wer sie zu welchem Zeitpunkt und an welchem Ort zum letzten Mal gesehen hat«, erklärte ich bestimmt. »Damit können wir noch heute anfangen. Wir gehen jetzt zu mir in meine Wohnung und dann fahren wir mit meinem Auto nach Schoppendorf.«

Sie wirkte etwas lockerer, sichtlich erleichtert, dass ich die Initiative ergriff und mich gemeinsam mit ihr auf die Suche nach Rita machen wollte, trank jetzt doch einen Schluck Kaffee, biss in ihr Hörnchen und nahm den Rest mit. Ich bezahlte vorne an der Theke.

Auf dem Weg durch den Schlossgarten erzählte sie mir von ihren Selbstfindungs-Strategien, erklärte mir die verschiedensten Methoden von Yoga, Qi Gong bis hin zur Transzendentalen Meditation. Die frische Luft und der Spaziergang durch die Anlagen schienen ihr gutzutun. Ich ließ sie plaudern, beschränkte mich auf knappe Zwischenfragen und versuchte parallel dazu eine Strategie zu entwerfen, wie wir die

Suche nach Rita angehen könnten. Nora! Vielleicht wusste sie ja was! Bei den Kollegen von Rita müssten wir anfangen.

Als wir bei der Eberhardsgruppe vorbeikamen, hatte Susanne zu ihrer alten Form zurückgefunden.

»Was ist denn das für ein Koloss! Ist der schwul?«

Sie deutete auf den schlafenden Grafen Eberhard im Schoß des Hirten, der ihm gerade das Leben gerettet hatte. Ich erzählte ihr die Sage, die Justinus Kerner in eine seiner Balladen gegossen hatte. Sie war einst sehr berühmt und zur württembergischen Nationalhymne geworden.

»Das Denkmal hat eine bemerkenswerte Geschichte«, erklärte ich ihr. »Nicht nur, weil es nach einem Gedicht eines schwäbischen Poeten geschaffen wurde, sondern auch weil es die Stuttgarter Bürger so von ihrem König gefordert und schließlich auch bekommen hatten. Davor stand nämlich vor dem Neuen Schloss ein Reiterstandbild des Grafen Eberhard, der mit gezücktem Schwert auf die Stuttgarter zuritt. Das lehnten die Bürger ab und wollten einen anderen Eberhard sehen, der dem einfachen Mann aus dem Volk vertraut und damit das Staatswesen darstellt, in dem das Volk mit seiner Regierung im Reinen sein kann!«

»Wow, und das keine hundert Meter von Stuttgart 21 entfernt!«, konterte Susanne. »Und wo reitet jetzt der andere Eberhard?«

»Im Innenhof des Alten Schlosses, von allen Seiten mit hohen Mauern umgeben. Und jeden Abend wird er dort eingesperrt.«

Susanne lachte aufgedreht. »Kennst du den? *Das höchste Glück der Pferde, ist der Reiter auf der Erde.*«

Während ich ein paar Dinge einpackte, tigerte Susanne durch meine Wohnung, kommentierte meinen Wohnstil, die Bilder an der Wand, zog das eine oder andere Buch aus dem Regal und blieb bei den Fotografien auf dem Bord über dem Schreibtisch stehen.

»Ist das deine Freundin?«, fragte sie und deutete auf das Bild meiner Schwester.

Ich erklärte ihr geduldig die Fotografien meiner Familie und zeigte ihr auch das Bild von Sandra, von der ich mich letztes Jahr getrennt hatte.

»Du hast es immer noch hier stehen? Dann denkst du noch oft an sie!«

»Ehrlich gesagt, ich hab es einfach vergessen wegzuräumen, vermutlich ist es mir gar nicht aufgefallen, dass es noch da steht.«

Susanne runzelte die Stirn. »Das glaub ich jetzt nicht!«

»Dann lass es«, sagte ich, vielleicht etwas zu schroff, aber ihre Wohnungsralley begann mir allmählich auf den Keks zu gehen. »Ich wär jetzt so weit, können wir?«

Susanne schmollte und verzichtete auf weitere Fragen und Kommentare.

Zwei Stunden später standen wir vor Noras Jugendstilvilla im Nobelviertel von Schoppendorf. Ihr Landrover parkte vor der Garage, ein gutes Zeichen! Ich griff nach dem Zug der Türglocke und raunte Susanne neben mir zu: »Kennst du Bismarck, ihre Dogge? Die hat mich bei meinem letzten Besuch beinahe umgeworfen.«

Tatsächlich hörten wir Hundegebell, aber viel höher, das war doch …

»Brunhilde!«, riefen wir beide gleichzeitig, als Nora die Tür öffnete und der Rauhaardackel schwanzwedelnd zu uns hochsah.

»Na, das ist ja eine freundliche Begrüßung«, empfing uns Nora vorwurfsvoll mit blitzenden Augen und einem schelmischen Lächeln. Sie verdrehte die Augen und brummte: »Verstehe – ihr wollt gar nicht zu mir!«

Brunhilde schaute abwechselnd zu jedem von uns hoch und als sie merkte, dass wir uns nicht um sie kümmerten, zog sie beleidigt ab.

»Entschuldige, wir haben hier wirklich nicht mit Brunhilde gerechnet«, sagte Susanne und fragte rasch nach: »Ist Rita bei dir?«

Nora zog die Augenbrauen zusammen und blickte sie fragend an. »Rita? Wieso?«

Ich erklärte ihr den Grund unseres Besuches, sie führte uns in ihr großes Gartenzimmer mit Blick auf die uralten Bäume im Park und bot uns Platz an. Im Hintergrund knisterte ein Kaminfeuer, Bismarck und Brunhilde lagen einträchtig davor und linsten schläfrig zu uns rüber.

»Rita ist seit Tagen spurlos verschwunden – ohne ihren Wagen, der steht noch bei ihrer Wohnung«, begann Susanne atemlos zu berichten. »Aber wenn Brunhilde hier ist, muss Rita zuvor ja bei dir gewesen sein.«

Nora seufzte. »Vermutlich kann ich euch nicht wirklich weiterhelfen. Also, es war so.« Sie lehnte sich in ihrem Sessel zurück und berichtete, dass sie Freitagvormittag, so gegen neun, zur Haustür gegangen sei, um die Zeitung zu holen. Da habe sie Brunhilde vorgefunden, deren Leine am Geländer der Treppe befestigt war. Das Hundchen sei gerade damit beschäftigt gewesen, einen Brief von Rita aufzufressen. Sie habe den Rest des Papierbogens, den Rita wohl unter den Fußabstreifer geklemmt hatte, Brunhilde aus den Zähnen gerissen. Den Anfang habe man noch lesen können. »Wartet, ich hab ihn noch hier.«

Sie lief in den Flur und kam mit Ritas Brief – oder was davon noch übrig war – zurück:

»Liebe Nora,

wollte dich so früh nicht wecken, muss dringend weg, könntest du so lange auf …«

Mehr war auf dem angekauten Rest nicht zu entziffern.

»Ich hab mich schon ein bisschen gewundert«, gab Nora zu, »aber bei uns Zeitungsleuten taucht ja immer wieder was Unvorhergesehenes auf. Außerdem hab ich gedacht, sie ruft mich irgendwann von unterwegs mal an oder schickt jemanden vorbei. Ja, und seit Freitag ist Brunhilde hier und flirtet mit Bismarck. Mehr weiß ich leider nicht.«

Nora versorgte uns mit Kaffee und Kuchenschnittchen und versuchte uns zu trösten. Zwischendurch fragte sie Susanne vorsichtig: »Ich habe mich natürlich gefragt, warum sie zu mir gekommen ist. Warst du Donnerstag und Freitag nicht zu erreichen?«

»Wir hatten eine kleine Auseinandersetzung«, sagte Susanne verdrießlich.

»Hast du einen Vorschlag, wo wir weitersuchen könnten?«, schaltete ich mich ein.

Nora blieb ruhig. »Jetzt wartet doch erst mal das Wochenende ab. Tatsache ist, dass sie etwas vorhatte und anscheinend ganz plötzlich wegmusste. Wenn sie nicht mit dem Auto gefahren ist, ist auch ein Verkehrsunfall unwahrscheinlich. Das klingt doch alles nicht bedrohlich, ganz im Gegenteil. Sie wird sich schon melden. Wenn sie hier zuerst anrufen sollte, gebe ich euch gleich Bescheid.«

MONTAG
5.10.

In meinem Büro hatte sich die Arbeit angehäuft. Dabei hatte ich ja erst letzten Donnerstag nachgesehen! Offensichtlich hatten sich meine lieben Kollegen Sorgen gemacht, mir könnte nach dem Urlaub langweilig werden, und am Freitag meinen Schreibtisch vollgepackt. Gut erholt sehe ich aus, bekam ich mehrfach zu hören, jetzt könne ich ja wieder richtig durchstarten.

Nachdem ich die Post und den Anrufbeantworter durchhatte, öffnete ich meine E-Mails und begann eine nach der anderen abzuarbeiten. Als das Ende absehbar wurde, entdeckte ich einen italienischen Absender und als ich die Mail angeklickt hatte, fielen mir fast die Augen aus dem Kopf. Sie war am Sonntagabend um 21.09 Uhr abgeschickt worden.

»Hallo Nils,

wenn du nicht in den Bodensee gefallen bist, sitzt du jetzt vor deinem Rechner und ärgerst dich über die angestauten Mails. Du ahnst nicht, was über das Wochenende los war. Am Freitagmorgen, kurz nach sieben, fand ich in meinem Postfach eine Ansichtskarte aus Sant'Agatha Sui Due Golfi, einem kleinen Ort gegenüber von Capri. Und weißt du, wer sie geschrieben hat? Ellwanger! Der Text auf der Karte hatte mich ziemlich in Unruhe versetzt. Zuerst Kontaktaufnahme, dann die Lösegeldforderung!, dachte ich gleich. Also da stand kurz und knapp: Er wolle uns ein Lebenszeichen geben. Seine ganzen Hoffnungen setze er auf das ›Echo‹. Sonst sähe es schlecht für ihn aus.

Ich hab dann nicht lange gefackelt, bin sofort mit dem Taxi zum Flughafen, bekam noch am Freitagmittag einen Last-Minute-Flug über Rom nach Neapel, hab mir dort ein Mietauto genommen und bin nach Sant'Agatha Sui Due Golfi gefahren. Leider habe ich in der Eile Handy und Notebook in der Redaktion vergessen. Ich schreibe gerade auf einem fremden Rechner.

Übrigens, herrliche Gegend, an der Spitze des Golfs von Sorrent, musst du unbedingt mal hin. Am Samstagnachmittag hatte ich Ellwanger endlich gefunden. Es geht ihm den Umständen entsprechend gut. Morgen bekommen wir leider keinen Flug, aber Dienstag fliegen wir zurück. Dann erzähle ich dir alles ausführlich am Telefon. Du kannst mich aber auch hier anrufen, Telefonnummer steht unten. Herzliche Grüße Rita.«

Typisch Rita! Trotz meiner Aufregung musste ich schmunzeln. Da fliegt die doch einfach ganz spontan und mutterseelenallein mal eben so in Italiens Mezzogiorno, um Ellwanger zu suchen und aus den Fängen der Mafia zu befreien!

Ich tippte die angegebene Nummer ein und wartete. Eine Männerstimme meldete sich. Ich kramte meine bruchstückhaften Italienischkenntnisse zusammen und fragte nach Rita Delbosco.

»Si, si, un momento!« Wieder wartete ich ungeduldig, bis ich sie an der Strippe hatte.

»Rita! Geht's dir gut? Susanne hat sich solche Sorgen um dich gemacht!«

»Wieso?«

»Na hör mal, einfach so verschwinden, ohne jemandem Bescheid zu geben!«

»Hat Nora nicht in der Redaktion angerufen?«

»Die weiß genauso wenig Bescheid wie wir alle hier.«

»Aber sie hat doch Brunhilde bei sich?«

Da fiel mir der angefressene Brief ein und ich lachte laut los.

»Was gibt's denn da zu lachen?«, zischte Rita am anderen Ende der Leitung.

»Ich glaub, ich muss dir was erklären.« Ich berichtete ihr von Brunhildes Streich, von unserer Suche nach ihr und Susannes Verzweiflung.

»Kinder, Kinder«, rief Rita, »kann man euch nicht mal ein Wochenende allein lassen? Also ich muss jetzt Schluss machen, spar dir deine Neugier, bis wir zurück sind. Tschüss.«

Sie hatte aufgelegt. Was war jetzt mit Ellwanger? Immerhin waren beide am Leben. Ich rief Susanne an. Sie war erleichtert, aber auch etwas enttäuscht.

»Warum hat sie dich angerufen und mich lässt sie schmoren?«

»Moment, ich hab sie ja angerufen«, stellte ich richtig. Im Übrigen hat sie gedacht, wir wüssten alle durch Nora Bescheid.«

Danach schaute ich auf die Seiten des Stuttgarter Flughafens. Eine Maschine aus Rom sollte am späten Dienstagvormittag ankommen, sonst keine an diesem Tag. Das passte. Nach der Abteilungskonferenz um acht im Funkhaus hatte ich keine unaufschiebbaren Termine mehr und konnte die beiden am Flughafen abholen.

DIENSTAG
6.10.

Ich fand eine Lücke für Kurzparker gleich beim Ausgang für die angekommenen Fluggäste. Die Maschine aus Rom-Fiumicino war eben gelandet. Von der Halle für die Abholer, die durch dicke Sicherheitsglasscheiben von den Fluggästen abgeschottet war, hatte ich einen guten Blick auf die Gepäckabfertigung, das Kofferband der Alitalia-Maschine lief bereits. Während ich mir den Hals verrenkte und die langsam am Band eintreffenden Passagiere aus Rom musterte, tippte mir jemand von hinten an die Schulter. Ich fuhr herum.

»Rita!«

Sie lachte, schüttelte mir die Hand. »Das ist aber eine schöne Überraschung. Hast du solche Sehnsucht nach mir gehabt?« Sie schaute zum Förderbandband hinter der Glaswand und schüttelte den Kopf. »Wir hatten nur Bordgepäck, deshalb sind wir schon da.«

Ellwanger schob sich nach vorne, begrüßte mich mit einem unsicheren Lächeln. »Frau Delbosco hat mir erzählt, was letzte Woche in Schoppendorf los war.

»Halb so schlimm«, beruhigte ich ihn. »Hauptsache, Sie sind wohlauf. Wir hatten uns ernstlich Sorgen gemacht!«

Ich schnappte mir Ritas Bordcase und geleitete die beiden Verschollenen zu meinem Parkplatz. Während Ellwanger das Gepäck unter der Haube meines Käfers verstaute, begleitete mich Rita zum Automaten.

»Stell dir vor, Ellwanger hat dort unten nur Urlaub gemacht, einfach so, bei Verwandten von Vadore!«

»Aber der anonyme Brief! Da hieß es doch, wir sollten in Fiesole suchen!«

»Da hat uns irgendjemand kräftig gelinkt«, antwortete Rita trocken. »Ellwanger war völlig überrascht, als ich in Sant'Agatha aufgetaucht bin. Ich konnte ihn nur mit Mühe überreden, mitzukommen. Erst als ich ihm versichert hatte, die Polizei fahnde nach ihm, hat er zugestimmt. Übrigens, die Verwandten von Vadore sind reizende Leute, italienische Großfamilie mit Mama, Papa, Nonno und Nonna, Ragazzi und Bambini, die wollten uns gar nicht gehen lassen.«

Inzwischen waren wir wieder bei meinem Wagen, Ellwanger kletterte hinter dem vorgeklappten Beifahrersitz vorbei freiwillig auf die Rücksitzbank, Rita setzte sich zu mir nach vorne.

Auf der Fahrt nach Schoppendorf beschrieb mir Ellwanger in Kurzform seine Reise. Dazu streckte er seinen Kopf zwischen Fahrer und Beifahrersitz, um das Rasseln des Motors zu übertönen.

Nach der Demonstration, Samstag vor einer Woche, sei Vadore am Abend noch bei ihm vorbeigekommen. Sie hätten lange darüber gesprochen, wie es nun weitergehen sollte. Er sei sehr niedergeschlagen gewesen, weil der OB von der Verlegung der Schrebergärten gesprochen hatte, was bedeute, dass er wohl auch aus seinem Häuschen ausziehen müsste. Vadore hätte spontan vorgeschlagen, dass er doch Urlaub bei der Familie seines Bruders in Sant'Agatha machen sollte. Schon oft sei er von ihnen eingeladen worden. Er kenne die Leute schon seit 20 Jahren und sei mit ihnen befreundet. Deshalb fand er die Idee gar nicht schlecht, einfach mal raus, um wieder klar denken zu können.

Vadore habe gleich bei seinem Bruder angerufen, dann hätten sie im Internet nach einem günstigen Last-Minute-Flug gesucht und einen für Sonntagvormittag erwischt. Vadores Bruder habe ihn dann am Flughafen in Neapel abgeholt und so sei er schon Sonntagnachmittag in Sant'Agatha gewesen und habe noch am selben Abend die Karte an Frau Delbosco abgeschickt. »Wenn ich gewusst hätte, was ich damit anrichte, hätte ich es lieber gelassen!«

»Die Karte ist überraschend schnell angekommen – glücklicherweise«, betonte ich. »Sie brauchte grade mal fünf Tage. Sonst kann das Wochen dauern!«

Rita fragte, ob ich was Neues über den Einbruch bei Ellwanger wüsste und Ellwanger schob seinen Kopf noch weiter nach vorne.

»Vadore hat alles wieder aufgeräumt«, versuchte ich ihn zu trösten, »anscheinend ist nichts weggekommen, aber das müssen Sie natürlich noch mal selbst überprüfen. Die Polizei hat die Kisten mit dem Narrengold bei Vadore wieder abgegeben, ob die Kisten, die ans Landesamt für Denkmalpflege geschickt wurden, inzwischen auch wieder da sind, weiß ich nicht. Am besten sprechen Sie gleich nachher mit Vadore.«

Ellwanger bat, ihn bei Vadores Wohnung abzusetzen, und ließ sich wieder nach hinten fallen.

Rita raunte mir zu: »Da sollten wir kurz mitgehen.«

Ich nickte. Auf Vadores Gesicht, wenn er uns mit seinem Freund im Schlepptau anrücken sah, war ich jetzt schon gespannt. Ich ließ mir von Ellwanger den Weg beschreiben und fand einen Parkplatz direkt vor Vadores Wohnung in der Stuttgarter Straße.

Ellwanger blickte etwas erstaunt, als wir auch ausstiegen und Anzeichen machten, ihn zu begleiten, verlor aber kein Wort darüber. Er klingelte drei Mal, einmal kurz, einmal lang, einmal kurz. Nichts rührte sich. Ellwanger versuchte es noch einmal. Vergeblich.

»Merkwürdig«, sagte er, blickte auf die Uhr und meinte: »Normalerweise müsste er um diese Zeit zu

Hause sein.« Er hob die Klappe von Vadores Briefkasten, schaute kurz hinein. Einen Moment verharrte er unschlüssig, dann zog er seinen Schlüsselbund. »Ich seh mal nach und leg ihm eine Nachricht auf den Küchentisch.«

Dann zog er los, wir hinterher.

Sekunden später betraten wir Vadores kleine Zweizimmerwohnung.

Unter der Küchentür blieb Ellwanger stehen, murmelte Unverständliches und schüttelte den Kopf. Das Geschirr in seiner Küche war ungespült, mit eingetrockneten Kafferändern in den Tassen.

»Das ist sehr ungewöhnlich«, murmelte Ellwanger, »Vadore hasst Unordnung. So wie es aussieht, war er schon länger nicht in der Wohnung und ist überstürzt aufgebrochen. Auch sein Briefkasten ist nicht gelehrt – und die Zeitungen von heute und gestern auf der Treppe vor seiner Wohnung!«

»Bleibt er öfter über Nacht in seiner Laube?«, fragte ich.

»Dort hat er ja nicht einmal ein Sofa und schon gar kein Bett«, antwortete Ellwanger entrüstet.

Da sah ich auf dem Sofa im Wohnzimmer ein rotweißes Kleiderbündel liegen. Ich kümmerte mich nicht um Ellwangers missbilligenden Blick, nahm es an mich und hielt die einzelnen Kleidungsstücke hoch: weiße Hose und rotes Wams mit roter Kapuze.

»Das ist ja unser Fastnachtsnarr«, rief Rita.

Ellwanger sagte mürrisch: »Der Stäpfeleshopser.

In unserer Jugend waren wir in Horb dabei. Dass er noch sein Fasnetshäs hat, hab ich gar nicht gewusst.«

»Deshalb die Maske und das Wappen in Ihrem Schuppen?«, fragte Rita.

»Ich weiß jetzt nicht, was das soll«, begann Ellwanger zu schimpfen.

Da erzählten wir ihm kurz von dem nächtlichen Treiben des Narren. Ellwanger wurde nachdenklich.

»Sollen wir mal bei seiner Laube vorbeifahren? Das liegt ja fast auf dem Weg«, schlug ich vor, als wir wieder unten bei meinem Käfer waren.

Ellwanger nickte stumm, Rita öffnete die Beifahrertür, klappte den Sitz um und ließ ihn nach hinten krabbeln.

Ich hoppelte mit dem Käfer den Grasweg entlang bis zu Vadores Garten. Alles ausgestorben. Ellwanger schaute im Gartenhäuschen nach. Währenddessen entdeckte Rita einen Zettel, der mit einem Reißnagel an die Seitenwand des Häuschens gepinnt war. In Druckbuchstaben stand da: »*DIE WELT IST EIN WUNDERSCHÖNES NICHTS.* WER WAS VON MIR WILL, DER SATZ WEIST IHM DEN WEG.« Als Ellwanger kopfschüttelnd aus dem Gartenhäuschen kam, zeigten wir ihm den Brief. Wir blickten uns ratlos an.

»Er ist offensichtlich abgetaucht!«, sagte Rita. »Aber was soll diese Botschaft bedeuten?« Ellwanger zuckte gleichmütig die Schultern.

Wir setzten Ellwanger bei seinem Häuschen ab und begleiteten ihn hinein. Alles war wieder sauber aufgeräumt. Im Wohnzimmer standen die beschlagnahmten Kisten mit dem Narrengold und den archäologischen Fundgegenständen sauber gestapelt auf dem Fußboden. Cicero saß vor einem Blechnapf mit Wasser und nahm von seinem Herrchen keine Notiz. Er schien entspannt und zufrieden.

»Willkommen zu Hause«, sagte ich mit gequältem Lächeln.

Rita gab mir einen versteckten Wink, es sei wohl besser, ihn jetzt alleine zu lassen. Zu Ellwanger gewandt meinte sie: »Jetzt packen Sie mal in Ruhe aus und gönnen sich nach der Reise ein bisschen Ruhe. Ich sollte jetzt auch schleunigst nach Hause und unter die Dusche. Rufen Sie an, wenn sich etwas Neues ergeben hat.«

Ellwanger blickte etwas verloren über seine Bücherregale. Dann gab er sich einen Ruck, fasste sich: »Vielen Dank für all die Mühen, die ich Ihnen gemacht habe. Wenn der Albtraum mal zu Ende ist, lade ich alle zu einem Fest ein.« Mit einem tiefen Seufzer ließ er sich in sein weich gefedertes Sofa fallen und deklamierte: »*O wie trügerisch ist die Hoffnung der Menschen, wie gebrechlich ihr Glück, wie nichtig all unser Streben.*« Er schaute zu uns hoch, lächelte etwas verlegen: »Cicero.«

Bei aller Tragik seiner Situation gelang es mir kaum, ein Lachen zu verbeißen. Dabei fiel mir ein anderes lateinisches Zitat als aufbauende Antwort für ihn ein: »*Dum spiro, spero.*«

Ellwanger lächelte wieder und übersetzte: »*Solange ich atme, hoffe ich*, auch von Cicero. Alles Wesentliche hat er vor zweitausend Jahren schon gesagt.« Er stand mühsam wieder von seinem Sofa auf, begleitete uns zur Tür und winkte uns nach.

Ich gab vor, noch etwas Dringendes erledigen zu müssen, und verschwand kurz in einem Seitenweg. Rita stieg schon mal ein. Ich wählte inzwischen Susannes Nummer und kündigte uns an: »Wir sind in einer Viertelstunde in der Redaktion. Halt dich fest: Der Fall ist gelöst!«

Rita wollte eigentlich gleich bei ihrer Wohnung abgesetzt werden, aber ich konnte sie davon überzeugen, dass wir zuerst bei der Redaktion vorbeifahren müssten. Das sei sie ihren Kollegen nach all den Sorgen, die wir uns um sie gemacht hätten, schon schuldig.

Unterwegs gingen wir die seltsame Wendung, die der Fall genommen hatte, noch einmal durch.

»Also vermutlich Vadore!«, sagte Rita.

»Er hat alles getan, um das Bauprojekt zu torpedieren«, stimmte ich ihr zu. »Er hat die ganze Show inszeniert, mit ziemlich viel Fantasie hat er die Register gezogen und uns alle an der Nase herumgeführt.«

Ritas Stimme klang richtig wütend: »Gegen Ende sind ihm die Sicherungen völlig durchgebrannt. Er hat Ellwanger nach Italien geschickt, um den Einbruch und eine Entführung vortäuschen zu können. Zuletzt hat er noch als Horber Fastnachtsnarr und anonymer Briefträger herumgegeistert und als er nicht mehr weiterwusste, hat er sich davongemacht.«

»Er muss völlig verzweifelt gewesen sein. Meinst du, er hat sich das Leben genommen?«, fragte ich Rita besorgt.

Sie beruhigte mich. »Auf seiner Zettelbotschaft an Ellwanger standen doch die Worte ›Wer was von mir will‹. Das ist doch kein Abschiedsbrief! Ich glaube, wenn er sich hätte umbringen wollen, hätte er das anders formuliert.«

Ich schaltete vor einer roten Ampel, die gerade auf Gelb hüpfte, herunter und begann langsam zu beschleunigen. Rita starrte gedankenverloren auf die Knüppelschaltung zwischen uns. »Irgendwie habe ich den Verdacht, Ellwanger weiß, wo er ist, vielleicht konnte er die Botschaft dechiffrieren und hat uns nur nichts gesagt.«

Ich schaltete in den nächsten Gang. »Diesen Satz mit dem ›wunderschönen Nichts‹ hab ich schon mal gehört – und zwar von Vadore. Ich höre deutlich seine Stimme im Ohr, aber ich komm nicht drauf, in welchem Zusammenhang er das gesagt hat und was er uns jetzt damit andeuten will.«

In der Lokalredaktion standen sie Spalier und sangen ein Begrüßungsständchen: »Hoch soll sie leben …« Susanne hatte in aller Eile Sekt, Orangensaft und Kekse besorgt und in Ritas Büro angerichtet. Rita war überwältigt, tupfte sich mit ihrem Taschentuch verstohlen ein paar Tränchen ab.

Dann fasste sie sich und begann in lebhaften Farben ihre Spontanreise an den Golf von Sorrent zu schildern.

»Über deine Spesenrechnung müssen wir aber noch reden«, scherzte Nora mit drohendem Zeigefinger, »der Etat für Lokalredakteure ist begrenzt.« Dann lachte sie und schloss Rita in die Arme. »Ich bin so froh, dass dir nichts passiert ist.«

Wir rätselten über Vadores seltsame Botschaft, das Zitat und was es bedeuten könnte. Susanne berichtete, dass sie Vadore angerufen hätte, gleich nachdem ich sie am Montag über Ritas Mail informiert hatte. Als Vadore hörte, dass Ellwanger nicht entführt sei und sich bereits auf der Rückreise befände, habe sie erwartet, dass er in Jubel ausbrechen würde. Nichts dergleichen! Seltsam einsilbig habe er reagiert, gar nicht nachgefragt und dann das Gespräch bald darauf beendet.

Kalupke räusperte sich verhalten und sagte, als ihn alle erstaunt anblickten: »Ich will mich ja nicht vordrängen, aber ich glaube, ich hab da eine Idee, was Vadore Herrn Ellwanger sagen wollte.«

Wir starrten ihn erwartungsvoll an.

»Vadore hat diesen Satz schon mal gesagt und zwar, als ich ihn wegen der Demonstration der Schrebergärtner interviewte.«

Da fiel es mir mit einem Mal wieder ein. Ich hatte plötzlich wieder Kalupkes verdutztes Gesicht vor Augen, hörte die Stimme von Engel mit seiner Erklärung.

»Wenn ich mich nicht irre«, sprach Kalupke zögerlich weiter, »stammt das Zitat von Angelus Silesius, dem ›schlesischen Engel‹, das hat wenigstens Herr Engel so gesagt.«

»Natürlich! Angelus, Angelo, Engel!«, rief Rita und schlug sich die flache Hand vor die Stirn. »Der Satz wird ihm den Weg weisen! Vadore wird bei Engel und Sauter in Bäringen sein!«

Sie schaute mich an, dann sagte sie trocken. »Feiert mal schön alleine weiter. Ich glaube, wir beide müssen schleunigst nach Bäringen fahren.«

»Hat das nicht noch ein bisschen Zeit?«, wandte ich ein und stellte mein halb volles Glas mit Sekt-Orange ab. Doch Rita hatte schon meine Hand gepackt und unter dem Gelächter ihrer Kollegen zog sie mich fort.

Mir war nicht wohl bei dem Gedanken, Vadore aufzustöbern. Das sagte ich auch Rita, als wir aus dem Parkplatz vor dem Redaktionsgebäude fuhren.

»Jetzt hör mir mal gut zu«, herrschte mich Rita an. »Es geht hier nicht um deine Gefühle. So wie es aussieht, hat sich Vadore in eine üble Geschichte verrannt, vorausgesetzt, er hat tatsächlich allein gehandelt. Wir müssen ihn jetzt so schnell wie möglich dazu bringen, zu retten, was noch zu retten ist.«

»Wie meinst du das?«

»Begreifst du denn nicht? Er wollte unbedingt mit seinen Aktionen Zeit gewinnen für die Bürgerinitiative, die das Großprojekt doch noch zu Fall bringen sollte. Dafür brauchte er die Unterstützung der Medien, das Unternehmen sollte nicht mehr aus den Schlagzeilen kommen. Teilweise ist seine Strategie ja aufgegangen. Aber mit diesem unsäglichen Ende wird alles kläglich zusammenbrechen. Ganz Schoppendorf wird über ihn, über Ellwanger und Engel lachen, über all die Leute, die auf der Demonstration für ihre Ziele gestritten haben, über seine Auftritte als ›Stäpfeleshopser‹, ganz abgesehen davon, dass er selbst vor einem Scherbenhaufen steht, denn bei seinen Freunden kann er sich nicht mehr sehen lassen.«

»Was hast du vor?«

Rita nahm mich ins Visier. »Jetzt hilft ihm nur ein rasches Geständnis. Er muss zur Polizei, er muss sich mit Ellwanger aussprechen, mit Engel hat er es wohl schon getan, er muss sich dem stellen, was er da angerichtet hat. Und wir müssen ihn dazu bringen.«

»Vielleicht ist er gerade dabei?«, sagte ich und zeigte auf Ellwangers blauen Golf, der in der Einfahrt zu Clemens Sauters Gartenzwergtöpferei stand. Ich stellte meinen Käfer hinter dem Golf ab und lief Rita hinterher, die wie eine Furie voraus in den Laden stürmte.

Ellwanger und Sauter saßen im Hintergrund an einem Gartentisch und blickten Rita bestürzt entgegen.

»Wo ist Vadore?«, rief Rita drohend.

Sauter erhob sich langsam. »Erst mal einen schönen Abend, Frau Delbosco und Herr Niklas. Mein Freund Manfred Ellwanger hat sie schon angekündigt. Bald würden sie hier auftauchen, hat er gesagt, wenn sie Luigis Botschaft entschlüsselt hätten. Wollen Sie sich nicht ein bisschen zu uns setzen?«

Er zog zwei weitere Gartenstühle an den Tisch und wartete geduldig, bis wir Platz genommen hatten.

»Warum haben Sie uns nicht gleich gesagt, dass Vadore bei Engel ist, als wir die Botschaft an seinem Häuschen gefunden hatten?«, fragte Rita schroff.

Ellwanger seufzte. »Luigi Vadore ist heute Nachmittag mit Heinz Engel weggefahren. Wohin, wissen wir leider nicht. Davor hatte es anscheinend eine heftige Auseinandersetzung zwischen beiden gegeben.«

Sauter erklärte: »Luigi Vadore war seit gestern bei mir. Ich hatte gestern Abend mit ihm, Heinz Engel und anderen Freunden noch lange über die Zukunft der Bürgerinitiative gesprochen. Heinz hat inzwischen mit anderen Schrebergärtnern fleißig Unterschriften gesammelt, in der Schoppendorfer Fußgängerzone, vor den großen Kaufhäusern, an Bushaltestellen. Er hat eine Eingabe an den Gemeinderat formuliert. Darin geht es um die nachträgliche

Änderung des Flächennutzungsplans, die zurückgenommen werden soll.«

Ellwanger schaltete sich ein: »Damit die Schrebergärten erhalten werden können, soll das Bauprojekt um die Hälfte reduziert werden. Die so gewonnene Freifläche soll für einen verkleinerten Bürgerpark genutzt werden.«

Sauter nickte bestätigend. »Uns allen ist klar, dass ein Kompromiss, ein Vergleich angestrebt werden sollte. Die begonnenen Baumaßnahmen werden ja wohl nicht rückgängig gemacht werden können. Die Unterschriften sollen ein Bürgerbegehren ermöglichen, als Voraussetzung für einen Bürgerentscheid. Aber Engel und seine Leute haben bis gestern erst 6.000 Unterschriften gesammelt, nötig wären mindestens 10.000.«

Rita unterbrach ihn: »Also kam Ihnen nicht nur der Baustopp sehr gelegen, sondern auch die Berichterstattungen im ›Schoppendorfer Echo‹ und im Fernsehen. Sie haben uns für Ihre politischen Ziele benutzt!«

Clemens Sauter überhörte den Vorwurf und bestätigte. »Genau so war es. Unsere Aktion lief gegen die Zeit.« Er machte eine kurze Pause, zog sein Taschentuch und schnäuzte sich. »Wir hatten zu spät mit unserem Protest angefangen, das wurde uns gestern allen bewusst. Je weiter der Baufortschritt, umso geringer unsere Chancen.«

Wieder machte er eine kurze Pause, sammelte sich.

»Manfreds Antrag an das Landesamt für Denkmalpflege war ein Misserfolg«, sagte er niedergeschlagen.

Ellwanger hob seine Stimme und rief zornig: »Obwohl er völlig berechtigt ist, nach wie vor!«

Sauter fuhr fort: »Die Demonstration hat zwar ein großes Medienecho ausgelöst, aber wir hatten deutlich mehr Teilnehmer erwartet und vor allem mehr Wirkung auf den OB. Das hatte Manfred bereits am Samstag nach unserer Aktion erkannt und deshalb war er auch so fertig, dass er auf Luigis Vorschlag eingegangen ist.«

»Ich hab mich einfach aus dem Staub gemacht!«, rief Ellwanger wieder dazwischen.

»Aber Heinz Engel wollte nicht aufgeben und hat mit seinen Leuten weitergekämpft, auch nach dem Einbruch bei Manfred. Dann kam Luigis Geständnis. Was wir uns nicht erklären konnten, war, dass uns Luigi nicht gleich gesagt hat, dass Manfred gar nicht entführt wurde, sondern in Urlaub gefahren ist – das haben wir ihm gestern Abend auch vorgehalten. Luigi hat dann eingeräumt, dass er selbst den Einbruch inszeniert und den Verdacht auf eine Entführung gelenkt hat, um wieder Zeit zu gewinnen. Aber da hat Heinz auf den Tisch gehauen und ihm gehörig die Meinung gesagt. Seinen eigenen Freunden spielt man so was nicht vor! Heute Vormittag sind sie noch einmal aneinandergeraten, ich weiß nicht genau, weshalb …«

»Aber wir können es uns denken«, warf Ellwanger wütend ein.

»Ich fürchte, wir auch«, bestätigte ihn Rita. »Er ist untergetaucht. Und was jetzt?«

Ellwanger lehnte sich in seinem Gartenstuhl zurück und fuhr sich mit der Hand über das Gesicht. Dann sagte er ruhig und gefasst:»Es wird mir nichts anderes übrig bleiben, als mich der Polizei zu stellen, schon allein deshalb, weil sie nach mir fahndet. Davor wollte ich natürlich mit Luigi und Heinz sprechen, allein. Deshalb habe ich Ihnen vorhin auch nicht gesagt, dass ich Vadores Hinweis an seinem Gartenhäuschen sehr wohl verstanden hatte, und bin zu Clemens Sauter vorausgefahren.«

»Und was ist mit Vadore?«

Ellwanger zuckte die Schultern. »Der muss selbstverständlich auch so schnell wie möglich zur Polizei. Ich werde dort alles auf den Tisch legen und ich werde ihn – auch in seinem eigenen Interesse – nicht decken können.«

»Das sehe ich genauso«, sagte Rita.

MITTWOCH 7.10.

Mittwochnachmittag drehte ich meine Runden im Außenbecken des Mineralbads Berg. Im Gegensatz zum Leuze-Bad war es von den Bautätigkeiten der neuen B 10 kaum betroffen. Dort war der Bau des neuen Rosensteintunnels in vollem Gange. Immer wieder hatte die Stadt Stuttgart beteuert, dass durch die Baumaßnahmen um Stuttgart 21 die Mineralwasserquellen nicht bedroht seien. Geologische Gutachten machten dazu widersprüchliche Aussagen. Ich genoss das reine Wasser, das wegen der hohen Schüttungsmenge ganz auf eine Chlorierung verzichten konnte.

Nun saß ich auf der Terrasse unter den Ginko-Bäumen, die sich bereits gelb färbten, bei einer Tasse Kaffee, da rief mich Rita an.

Sie habe heute lange mit Kommissar Böckle gesprochen, der sich bei ihr ausdrücklich dafür bedankt hätte, dass sie Ellwanger so schnell aus Italien zurückgeholt habe.

»Ellwanger hat auch schon bei der Polizei ausgesagt, Engel ist gleich mitgegangen.«

»Ist der denn wieder aufgetaucht? Engel hat sich doch mit Vadore abgesetzt.«

»Also das war so«, brüllte Rita ins Handy, »– sag mal, was ist denn bei dir für ein Krach? Ich kann dich kaum verstehen!«

Ich erwähnte, dass ich in der Cafeteria des Mineralbads säße.

Rita nahm einen neuen Anlauf. »Also: Heinz Engel hat ihn gestern zum Flughafen gebracht, obwohl er eine Mordswut auf ihn hatte, und Vadore ist am Nachmittag über Rom nach Neapel geflogen, zu seinem Bruder. Vermutlich in derselben Maschine, die mich und Ellwanger nach Stuttgart gebracht hatte.«

»Da hätten wir ihnen ja begegnen können«, rief ich ins Handy.

Rita ging nicht darauf ein und berichtete weiter: »Böckle hat umgehend die Polizei in Massa Lubrense verständigt, dem Hauptort der Verwaltungsgemeinschaft, zu der Sant'Agatha gehört, damit Vadore dort verhaftet wird. Der sitzt jetzt ganz schön in der Tinte.«

»Dabei hatte er doch nur seinen Freunden helfen wollen«, verteidigte ich ihn.

Rita schnaubte wütend ins Telefon: »Kriminell war's trotzdem. Und gebracht hat's absolut nichts, eher hat er alles kaputt gemacht.«

»Dann war der anonyme Drohbrief an dich wohl auch von ihm?«

Rita schwieg einen Moment. »Welcher jetzt? Dass

wir unsere Nase nicht überall reinstecken sollten? Damit wollte er uns wohl auf die falsche Fährte führen. Und der andere Brief ebenfalls, der uns in die Toskana reisen lassen sollte. Dadurch hätte er weiter Zeit gewonnen.«

»Jetzt sitzt der arme Kerl in Sant'Agatha und erhält bald Besuch von der Polizei.«

»Wieso hast du eigentlich Mitleid mit ihm?«, brauste Rita auf. »Ich bin stocksauer!«

Ich versuchte sie zu beruhigen. Immerhin habe sie den Fall gelöst und könne auch bald darüber im »Echo« berichten. »Spätestens nächste Woche schau ich wieder mal bei euch vorbei!«, verabschiedete ich mich.

Die halbe Nacht konnte ich nicht schlafen, überlegte mir hin und her, wie man dem Unglücksraben doch noch helfen und wie man das Unwetter, das bald über Ellwanger und seine Freunde unabwendbar hereinbrechen würde, vielleicht noch abmildern könnte. Gegen Morgen fasste ich den Entschluss, noch einmal mit Mercadante zu sprechen, und schlief einigermaßen beruhigt ein.

DONNERSTAG 8. 10.

Am Vormittag rief ich bei »Happobau« an und hatte Glück, das Mädchen am Empfang stellte mich zu ihm durch. Ich bemühte mich, einen fröhlichen Ton anzuschlagen und bat um ein Gespräch. Es sei dringend.

Mercadante zögerte ein bisschen, dann räumte er ein, er habe am Nachmittag im Finanzministerium zu tun, danach, so gegen 17.00 Uhr, könnten wir uns irgendwo in der Innenstadt treffen. Aber viel Zeit hätte er leider nicht. Ich schlug das »Tempus« im Haus der Geschichte vor, fünf Minuten vom Finanzministerium im Neuen Schloss entfernt.

Über Nacht hatte sich die Angelegenheit völlig verändert. Mercadante schien entlastet, falls er nicht doch hinter den Autojägern steckte, die uns auf der Ringstraße einschüchtern wollten. Nun erschienen er und die »Happobau« plötzlich als Opfer der Intrige eines durchgeknallten Schrebergärtners. Grund zu Verständnis oder gar Mitleid mit Vadore war wohl kaum von ihm zu erwarten.

Ich wartete eine geschlagene halbe Stunde. Da sah ich ihn mit langen Schritten vom Haus der Abgeordneten herüberkommen. Wenig später lachte er mir vom Eingang aus schon zu.

»Signore Niklas, le auguro una bella serata! Mi scuso per il ritarda! Ich bin etwas zu spät, wurde aufgehalten, was kann ich für Sie tun? Er setzte sich zu mir, winkte der Bedienung und bestellte sich einen Espresso.

»Ich freue mich sehr, Sie zu sehen. Vielen Dank, dass Sie sich einen Augenblick für mich Zeit nehmen«, erwiderte ich seine freundliche Begrüßung. »Ich wollte noch einmal mit Ihnen über die Geschichte in Schoppendorf sprechen.«

»Hat Sie meine Karte zum Nachdenken gebracht?«, fragte Mercadante mit leicht spöttischem Unterton.

Blitzartig sortierte ich meine Gedanken. Die anonyme Karte mit den Ansichten von Fiesole und diesem merkwürdigen Spruch von Cicero, dass nur der Narr in seinem Irrtum verharre! Sie war mir also tatsächlich von ihm und nicht von Vadore zugesteckt worden! Passte auch besser! Damit wollte er mir nur signalisieren, dass wir mit unseren Vermutungen auf dem Holzweg seien. Aber woher wusste er, dass wir ihn verdächtigt hatten? Ich tat so, als wüsste ich längst Bescheid, lächelte und lobte das schöne Städtchen vor den Toren von Florenz.

»Da hat sich Ihre Familie eine herrliche Residenz ausgesucht.«

»Sie lebt dort schon einige Zeit und ich durfte dort aufwachsen«, antwortete Mercadante schlicht.

Den Smalltalk wollte ich abkürzen und kam gleich zum Punkt. »Die rätselhaften Vorgänge rund um die Baustelle sind ja jetzt geklärt und sicher auch zu Ihrer Zufriedenheit.«

Eigentlich wollte ich ihm mit dieser Eröffnung ein bisschen auf den Zahn fühlen, inwieweit er bereits über die neueste Entwicklung in Schoppendorf informiert sei, und erwartete, dass er mich jetzt mit Fragen überschütten würde. Doch sollte ich bald merken, dass ich mich gründlich irrte und er bereits bestens Bescheid wusste.

Mercadante trank seinen Espresso in einem Zug aus, stellte das Tässchen zurück auf die Untertasse, schaute mich einen Moment lang schweigend an und seufzte. »Dieser unglückliche Luigi Vadore ist wohl schon heute Vormittag in Sant'Agatha verhaftet worden und befindet sich vermutlich in diesen Stunden auf dem Rückweg nach Deutschland. Ich habe lange über diesen seltsamen Fall nachgedacht und fühle sogar Verständnis für Vadore. Er hat mit seinem Herzblut für seine Freunde gekämpft – ein tragischer Fall.«

Diese einfühlsame Bewertung der ganzen Geschichte hätte ich zuletzt von ihm erwartet, nach all den Streichen, die Vadore ihm und der »Happobau« gespielt hatte. Konnte ich ihm trauen oder versteckte er hinter dieser erstaunlichen Einschätzung der Vorgänge eiskalte Berechnung?

»Dann sind sie ihm gar nicht böse?«

Er schüttelte den Kopf. »Dieser Zirkus, den die Kleingärtner veranstaltet haben, gleicht einer Tragikomödie.«

Ich staunte immer mehr und fragte, wie er das meine.

Mercadante öffnete seine Hände und erklärte geduldig, die Handflächen nach oben gewandt: »Schauen Sie doch mal! Die Schrebergärtner wollten mit den Baustopp-Aktionen Zeit gewinnen für ihr Bürgerbegehren, mit dem sie einen Bürgerentscheid auf den Weg bringen wollten, der das Projekt im letzten Moment noch aufhalten sollte, als bereits längst mit dem Bau begonnen war. Ein solches Bürgerbegehren wäre aber nie zustande gekommen!«

»Wieso?«, fragte ich leicht vorwurfsvoll, »sie hatten schon über die Hälfte der erforderlichen Unterschriften zusammen.«

Mercadante betrachtete mich mitleidig: »Erstens war die Frist für ein solches Bürgerbegehren längst verstrichen. – Das müsste nämlich spätestens sechs Wochen nach Ratsbeschluss gestellt werden, so steht es in der baden-württembergischen Gemeindeordnung. Der entscheidende Beschluss des Gemeinderats, den Flächennutzungsplan zu ändern, ist aber schon seit gut einem halben Jahr gefasst worden. Zweitens ist ein Bürgerbegehren nach §21, Absatz 2 dieser Verordnung gar nicht zulässig. Bauleitpläne und die örtlichen Bauvorschriften sind ausdrücklich davon ausgeschlossen. Das hätte den tapferen Streitern jeder Rechtsanwalt sagen können, wenn sie sich hätten beraten lassen.«

»Dann war alles von Anfang an vergebliche Mühe gewesen?«

»Nun ja«, meinte Mercadante und rührte mit dem Kaffeelöffel spielerisch in seiner leeren Espressotasse. »Wenigstens hat Signore Ellwanger am Ende recht behalten.«

Als er meinen fragenden Blick bemerkte, erklärte er: »Vor dem Landesamt für Denkmalpflege ist er rehabilitiert.« Er machte eine Pause, vermutlich kostete er aus, dass ich als Mann vom Fernsehen noch keine Ahnung hatte.

»Der Kampfmittelräumdienst hat doch diese Granate aus dem Zweiten Weltkrieg entschärft«, begann er und trommelte mit seinen Fingern temperamentvoll auf der Tischdecke. »Anschließend haben die Leute in der Umgebung nach eventuellen weiteren Blindgängern gesucht und dabei sind sie auf das Fragment eines römischen Weihesteins gestoßen, mit dem sich ein Benefiziarier, also ein Kommandant einer römischen Straßenstation, am Ende seiner Dienstzeit in Schoppendorf ein Denkmal gesetzt hat. Vor 1.800 Jahren. Die Inschriftenreste deuten jedenfalls darauf hin. Ellwangers These scheint damit betätigt. Der Stein wird gerade in Esslingen untersucht. Ellwanger kann Ihnen das sicher noch viel besser erklären.«

»Dann werden Sie wohl mit weiteren Bauunterbrechungen rechnen müssen?«, fragte ich mit schwer zu verhehlender Erleichterung.

Mercadante nickte, nahm sein leeres Espressotässchen hoch, drehte es um und stellte es kopfüber auf die Untertasse zurück. »Ich hatte heute Morgen ein längeres Gespräch mit Frau Dr. Horsovsky vom Denkmalamt. Unter dem bereits bestehenden Fundament darf zwar nicht mehr gegraben werden, aber es ist eine sogenannte archäologische Prospektion geplant, eine systematische Untersuchung mittels Bodenradar, bevor weitere Fundamente errichtet werden können.«

»Das dauert sicher eine Weile«, sagte ich, bemüht, meinen Worten einen bedauernden Tonfall zu geben.

»Wie das Leben so spielt«, antwortete Mercadante belustigt und stellte sein Tässchen wieder auf. »Eigentlich sind wir Herrn Ellwanger sogar dankbar.«

»Wie das?« Überrascht hob ich den Kopf.

»Wir haben inzwischen einen anderen Auftrag an Land gezogen, auch einen dicken Fisch, wie man in Deutschland so schön sagt. Den Zuschlag haben wir nur bekommen, weil wir gerade wegen dieser Schoppendorfer Geschichte Kapazitäten frei haben und gleich anfangen können, wenn wir die Maschinen und die Arbeitskräfte aus Schoppendorf abziehen. Es geht um ein großes Verwaltungszentrum für eine Einzelhandelskette gleich bei der Autobahn.

Jetzt muss die Stadt Schoppendorf eben ein bisschen länger auf ihre Überbauung des Rangierbahnhofgeländes warten. Aber das haben wir ja nicht zu verantworten. Der Auftrag bleibt uns im Übrigen erhalten.«

»Vielleicht wird doch noch etwas aus dem Bürgerpark in Schoppendorf?«, fragte ich hoffnungsvoll.

Mercadante winkte ab. »Wo denken Sie hin! Die Verträge für die Überbauung stehen, an Planungskosten stecken bereits Hunderttausende in diesem Projekt. Die Würfel sind schon längst gefallen. Und – so leid es mir tut – wir müssen Schadenersatzansprüche für die Bauverzögerung stellen.«

»An Vadore?«, ich musste bei aller Tragik der Situation lachen, »aus dem werden Sie nichts mehr rausquetschen können! Der Mann ist ruiniert!«

»Ach, darum geht's doch gar nicht«, belehrte mich Mercadante freundlich, »aber anders kommen wir an die Versicherungsleistungen nicht ran.«

Ich wagte einen letzten Vorstoß: »Und Ellwanger? Werden Sie ihn aus seinem Häuschen werfen lassen? Wollen Sie diese Idylle, diese Oase mitten in der städtischen Steinwüste einfach plattmachen? Plagt Sie da nicht Ihr humanistisches Gewissen?«

Mercadante setzte beide Ellbogen auf den Tisch, faltete die Hände unter seinem Kinn und blickte mich missmutig an.

»Jetzt machen Sie sich doch nicht lächerlich«, schmetterte er meinen Angriff ab, »Sie wissen genau, dass solche Entscheidungen nichts mit Gefühlsduselei zu tun haben. Andererseits ...«, er schwieg einen Moment und ich sah, dass es in ihm arbeitete, »so ein Enteignungsverfahren ist langwierig und zehrt an den Nerven. Außerdem scheint das ehemalige Bahnwärterhäuschen bereits unter Denkmalschutz zu stehen, wenn nicht, hätte er gute Chancen, wenn er das jetzt beantragt.«

Ich konnte mir einen spitzen Einwurf nicht verkneifen:»Soll ich ihn darauf ansprechen und einen schönen Gruß von Ihnen ausrichten?«

Mercadante sah mich mit undurchdringlichem Gesichtsausdruck an, dann beugte er sich vor und sagte: »Ich werde noch mal in den Plänen nachsehen und mit meinen Partnern sprechen. Vielleicht zeigen wir guten Willen und lassen ihm sein Häuschen? Es steht ganz am Rande des Projekts und möglicherweise können wir die Planungen so abändern, dass wir diese Fläche einfach aussparen.« Er lehnte sich zurück und wiegelte ab, als ärgerte er sich, mir so viel anvertraut zu haben: »Aber es ist zu früh, in diese Richtung weiterzudenken, und entschieden ist darüber noch gar nichts. Doch ich will mir sein Grundstück morgen mal anschauen und mit Ellwanger selbst sprechen.«

FREITAG
9.10.

Kurz nach 14.00 Uhr konnte ich endlich ins Wochenende starten. Nach meinem Urlaub in Schoppendorf hatte ich zwei ruhigere Tage bitter nötig. Endlich mal wieder richtig ausschlafen, ein bisschen nachdenken, Musik hören und zur Ruhe kommen. Beschwingt machte ich mich auf den Weg durch den Park der Villa Berg in die Abelsbergstraße. Als ich den Schlüssel in meine Wohnungstür steckte, machte sich mein Handy bemerkbar. Rita.

»Stell dir vor, was passiert ist!«

Nein, nicht schon wieder, dachte ich spontan. Mein Bedürfnis nach Überraschungen war gedeckt!

Doch Rita redete gnadenlos weiter auf mich ein. »Die italienische Polizei sollte doch Vadore in Sant'Agatha verhaften. Aber er ist nie dort angekommen! Sein Bruder weiß von nichts, auch taucht er in keiner Passagierliste nach Rom oder Neapel auf. Böckle steht vor einem Rätsel.«

»Dann hat Vadore seinen Freund Heinz Engel an der Nase herumgeführt, als der ihn zum Flughafen gefahren hatte – oder der Engel steckt mit ihm unter einer Decke.«

»Niemals!«, rief Rita aufgebracht, dass ich mein Handy einen Meter von meinem Ohr weg halten musste. »Ich hab heute schon mit ihm und Clemens Sauter gesprochen. Die beiden sind entsetzt. So was kann man nicht spielen! Ich mach mir ernsthaft Sorgen um Vadore. Wann bist du denn heute fertig mit der Arbeit?«

Ich ahnte, was da auf mich zukam. Konnte ich sie davon überzeugen, dass ich jetzt erst mal etwas Zeit für mich brauchte? Da stellte ich mir ihre Reaktion auf meine Absage vor und wusste, dass ich bereits verloren hatte. Selbst schuld, warum hatte ich mich auf dieses Urlaubsvergnügen überhaupt eingelassen!

»Nils, bist du noch dran?«

»Ja, ja, ich überlege gerade. Was hast du denn heute Abend vor?«

Rita war außer sich. »Sag mal, ich will doch heute Abend nicht mit dir ausgehen. Wir müssen uns auf die Suche nach Vadore machen, damit er endlich mit dem Unsinn aufhört, ständig davonzurennen! Wann kannst du denn hier sein?«

Wehmütig öffnete ich meine Haustür und blickte in mein kleines Reich. Dann würde ich eben auf die Schnelle ein paar Sachen zusammenpacken und mich auf den Weg nach Schoppendorf machen. »Also gut«, sagte ich – mehr zu mir selbst als zu meiner lieben Kollegin –, »wenn ich das Auto nehme, könnten wir uns gegen vier bei der Baustelle treffen – oder lieber bei Ellwanger?«

Rita zögerte etwas. »Ich weiß nicht recht. Irgendwie habe ich das Gefühl, dass Vadore nicht allein handelt. Ich glaube, wir sollten niemandem sagen, was wir vorhaben. Also bis dann, um vier.«

Sie war weg, hatte sich nicht mal von mir verabschiedet. Aber bei ihrer Aufregung nahm ich ihr das nicht übel. Immerhin hatte sie enorm viel Zeit und Mühe investiert, als sie Ellwanger aus Süditalien zurückgeholt hatte – und das war erst drei Tage her. Wo nahm diese Frau bloß so viel Energie her?

Kurz vor vier fand ich in der Nähe vom »Abstellgleis« eine Parklücke, schaute etwas skeptisch zur Rampe hinüber, wo ich unlängst mit Dave Schmelzle zusammengerumpelt war, und machte mich auf den Weg. Rita war schon da und lief mit ihrem Rauhaardackel an der Leine unruhig auf und ab.

»Hast du Brunhilde als Spürhund mitgebracht?«, begrüßte ich sie.

»Unterschätze Brunhilde nicht«, gab sie zurück. Wenn's drauf ankommt, kann man sich auf sie verlassen, das hast du selbst schon erlebt.«

Sie spielte auf mein Knock-out letztes Jahr an. Als wir mitten in der Nacht bei Clemens Sauters Gartenzwergtöpferei in Bäringen einen Erpresser stellen wollten, wurde ich niedergeschlagen und Brunhilde fand mich wenige Minuten später bewusstlos im Dickicht des angrenzenden Holunderwäldchens.

»Was hast du vor?«

Rita zuckte die Achseln. »Eigentlich hab ich mir noch keine wirkliche Strategie ausgedacht«, gab sie zu. »Aber ich habe das Gefühl, er hält sich irgendwo da drüben in der Kleingartenanlage auf.«

»Willst du alle Gärten und Häuschen durchkämmen? Und das noch möglichst im Geheimen, Freitagnachmittags um 16 Uhr, wenn gerade das Wochenende beginnt und alle Schrebergärtner in ihre Gärten ziehen?«

Rita ließ nicht locker. »Jetzt lass uns doch erst mal in aller Ruhe nachdenken. Ellwanger scheidet schon mal aus. Er hat bei der Polizei ausgesagt und Vadore nicht verschont, da wird Vadore bei ihm nicht Unterschlupf suchen.«

»Aber er könnte bei zig anderen seiner Freunde sein!«

»Wer käm denn dabei besonders infrage?«, bohrte Rita weiter. »Wer könnte tatsächlich so durchgeknallt sein, Vadore bei sich zu verstecken, anstatt ihn dazu zu bringen, sich der Polizei zu stellen? Die Schrebergärtner wissen doch inzwischen alle Bescheid, dass die Polizei nach Vadore fahndet! So was spricht sich in Windeseile herum!«

»Ich weiß nicht, zu wem sich Vadore eventuell, wenn überhaupt, geflüchtet haben könnte«, grübelte ich. »Dafür kenne ich die Schrebergärtner zu wenig, Marga Kellermann und ihr Mann Herbert wohl weniger. Die können wir auch abhaken.«

Die meisten anderen, die ich kurz vor der Demonstration kennengelernt hatte, schienen mir ebenfalls kaum infrage zu kommen.

»Vielleicht der Alte Fritz?«

»An den hab ich auch gerade gedacht«, sagte Rita und zog Brunhilde zurück, die nach einem Schmetterling schnappen wollte. »Also, dann mal los, versuchen wir unser Glück!«

Wir schlenderten möglichst unverdächtig zu den Schrebergärten hinüber, an Ellwangers Häuschen vorbei zu dem grasbewachsenen Feldweg, der durch die links und rechts von ihm angeordneten Gartenparzellen führte.

»Wenn Ellwanger uns beobachtet und Vadore warnt – oder ein anderer?«, gab ich zu bedenken.

Rita lachte kurz auf. »Nichts Besseres könnte uns passieren. Wenn Vadore aufgescheucht wird, wird er unvorsichtig und handelt unüberlegt. Wir müssen uns auf jedes verdächtige Anzeichen konzentrieren.«

Nichts als idyllische Ruhe an diesem milden Oktobertag. Einige Gärtnerinnen und Gärtner in beschaulicher Tätigkeit zwischen abgeräumten Beeten, da und dort ein Fahrrad vor einer Gartentür, niemand schien uns zur Kenntnis zu nehmen.

Ich zeigte Rita Schillers Häuschen mit dem Zitat seines Namensvetters an der Wand.

»Der brave Mann denkt an sich selbst zuletzt«, las Rita vor und fügte hinzu: »Wenn das nicht ein ernst zu nehmender Hinweis ist!«

»Wieso?«

»Verstehst du denn nicht? Wohl ein Lieblingszitat vom Alten Fritz, eine Art Lebensmotto, wenn er sich so was aufs Häuschen schreibt, und Vadore kennt diesen Spruch und weiß, was sich Schiller dabei denkt.«

»Da gehört aber viel Fantasie dazu«, bezweifelte ich ihre kühne Theorie.

Plötzlich blieb Brunhilde stehen, wurde unruhig und zog an der Leine. Wir blickten uns an. Hatte da nicht die Gartentür von Schiller gequietscht? Wir schauten hinüber und sahen wegen der Hecke nur die obere Hälfte der Tür. Aber sie bewegte sich, öffnete sich magisch wie von selbst einen Spalt und schloss sich wieder. Doch war niemand zu sehen! Hatte ein Kind sie geöffnet und dann wieder geschlossen?

Rita bückte sich entschlossen zu Brunhilde nieder, klickte den Karabinerhaken auf, der die Leine am Halsband befestigte, und gab ihr einen Klaps. Brunhilde schaute zu ihr hoch, schien Frauchen nicht zu verstehen. Energisch öffnete Rita die Tür zu Schillers Garten und wies Brunhilde mit ausgestrecktem Arm den Weg. Brunhilde sauste los, begann zu bellen und kurze Zeit später erschien Vadore, der sich über den Zaun zum Nachbargarten schwang und loslief. Brunhilde blieb vor dem Zaun stehen und kläffte ihm nach.

»Los!«, schrie Rita mich an, »renn ihm nach, bleib auf dem Weg, aber behalt ihn im Auge! Ich hol schnell Brunhilde!«

Ich folgte Vadore und hatte keine Mühe, auf seiner Höhe zu bleiben. Immer wieder musste Vadore einen Zaun überwinden. »Bleiben Sie doch stehen, Herr Vadore«, rief ich ihm zu, »das hat doch keinen Sinn. Wir reden in Ruhe über alles!«

Brunhilde wetzte mir zwischen die Beine und bellte laut. Ihr schien die Verfolgungsjagd richtig Spaß zu machen. Inzwischen hatten auch andere Schrebergärtner Vadore und mich bemerkt und liefen aus ihren Gärten zusammen. Vadore drängte einen Kollegen derb zur Seite, der ihn aufhalten wollte, und versuchte, das angrenzende Rangierbahnhofgelände zu erreichen. Dafür musste er einen gut zwei Meter hohen Bretterzaun überwinden. Er sprang. Seine Hände hatten sich schon um die Decklatte geklammert, er versuchte sich hochzuziehen, versuchte, mit den Beinen nachzuhelfen, aber die Kraft reichte nicht aus. So hing er verzweifelt da, bis er schließlich seine Hände löste und vor dem Zaun zusammenbrach.

Ich rief Brunhilde zurück, die sich auf ihn stürzen wollte, ging auf ihn zu und als ich sah, wie er völlig niedergeschlagen am Boden kauerte, setzte ich mich einfach neben ihn und legte beruhigend meine Hand auf seinen Arm. Ein paar Schrebergärtner blieben einige Meter vor uns stehen und wussten nicht, wie sie sich verhalten sollten. Nur Marga Kellermann kam spontan zu uns herüber und ging vor Vadore in die Hocke.

»Was ist denn los, Luigi?«, fragte sie besorgt.

»Bitte lassen Sie ihn erst einmal zur Ruhe kommen«, sagte ich freundlich und zu Vadore gewandt in tröstendem Ton: »Sie werden sehen, alles wird sich klären lassen und ihre Freunde werden zu ihnen stehen.«

Da begann der gehetzte Mann zu schluchzen, zog sein Taschentuch hervor, bedeckte sein Gesicht und brach in Tränen aus. Ich gab Marga Kellermann ein Zeichen, sie setzte sich ebenfalls neben Vadore und legte ihren Arm um ihn.

Inzwischen hatte uns Rita erreicht und nahm Brunhilde an die Leine, die brav vor uns stand und aufmerksam die drei Gestalten betrachtete, die da vor dem Bretterzaun hockten. Dann sagte sie ruhig: »Ich habe gerade Kommissar Böckle angerufen. Er ist bereits unterwegs und wird bald da sein.«

Bevor sie sich diskret zurückzog, winkte sie den versammelten Schrebergärtnern, ihr zu folgen, ging mit ihnen ein paar Schritte und erklärte ihnen die Lage.

Vadore blieb zusammengesunken vor dem Zaun sitzen, schnäuzte sich in sein Taschentuch und sagte tonlos: »Ich schäme mich so.«

SONNTAG 10.10.

Ellwanger hatte zu sich eingeladen. Als ich mit meinem Käfer bei seinem Häuschen eintrudelte, war fast kein Parkplatz mehr zu finden. Drüben, bei der Kleingartenanlage, entdeckte ich Ritas Sportwagen und daneben eine schmale Lücke, in die ich mich gerade noch hineinquetschen konnte.

Auf dem Hof zwischen Haus und Schuppen drängten sich Biertische und Bänke, voll besetzt mit Ellwangers Freunden. Die Tore des Schuppens waren weit geöffnet und die Regale, Tische und Kisten ganz an die Rückwand gerückt.

Die Schrebergärtner hatten Thermoskannen mit Kaffee, Kuchen, Salate und Körbe mit Brezeln angeschleppt, Kisten mit Gläsern und Geschirr in den Schuppen gebracht und auf den abgeräumten Tischen ein Büffet angerichtet.

Engel stand im Hintergrund am Grill und winkte fröhlich. »*Wer arbeitet, hat keine Zeit zum Geld Verdienen*«, rief er mir zu. Clemens Sauter stand daneben und ergänzte verschmitzt: »*Arbeit macht Spaß, man kann stundenlang zuschauen.*«

Ellwanger empfing mich mit ausgebreiteten Armen. »Willkommen, Herr Niklas! Signore Mercadante hat mir erzählt, wie Sie sich für mich eingesetzt haben. Ich kann mein Glück kaum fassen. Kommen Sie, wir haben ein Plätzchen extra für Sie frei gehalten.«

Unter dem Jubel seiner Freunde führte er mich zu einem Tisch, an dem bereits Rita, Susanne und Mercadante saßen. Susanne himmelte den langen Italiener unverblümt an und hatte keine Augen für mich. Sie unterhielten sich gerade angeregt über die Kunstschätze in Florenz.

Als mich Mercadante dann doch noch wahrgenommen hatte, schüttelte er mir die Hand. »Ich habe mich mit Herrn Ellwanger gründlich ausgesprochen. Wie sagt man so schön auf Deutsch? Ihr Wink mit dem Zaunpfahl, vorgestern in Stuttgart, hat mir den richtigen Weg gewiesen. Herr Ellwanger hat mir gestern Vormittag seine Schätze gezeigt und ich bin sehr beeindruckt. Seine Bibliothek, sein Rosengarten, seine Sammlung – ein Kosmos, eine wunderbare Welt im Kleinen. Wir sparen bei der Bebauung sein Grundstück aus. Wir müssen sowieso Grünanlagen einplanen und dazu wird sein Rosengarten und sein Häuschen einen interessanten Kontrast darstellen. Moderne trifft Denkmalschutz. Ich könnte mir sogar vorstellen, dass wir die modifizierte Planung beim Wettbewerb der Denkmalstiftung Baden-Württemberg einreichen.«

»Es ist wenig, was man zur Seligkeit braucht«, zitierte der Alte Fritz seinen Namensvetter Friedrich Schiller. Er war zu unserem Tisch herübergekommen und hatte Mercadantes letzte Worte gehört. Dann fügte er triumphierend hinzu: *»Vereint sind auch die Schwachen mächtig!«*

»Besser wäre es gewesen, Sie hätten Herrn Vadore davon überzeugt, sich der Polizei zu stellen, als ihn bei sich zu verstecken«, hielt ich ihm vor.

»Um des Freundes willen erbarmet euch!, lehrt uns Friedrich Schiller. Hätte ich ihn denn in die Wüste schicken sollen? Zu der Entscheidung, für seine Taten einzustehen, musste er selbst finden. Aber jetzt wendet sich ja alles zum Guten!«

»Die Schrebergartenkolonie ist wohl trotzdem nicht zu retten«, hielt ich ihm entgegen.

»Jetzt warten Sie mal ab«, grinste der Alte Fritz hintergründig, »zunächst mal ziehen die Archäologen auf der Baustelle ein und wer weiß, was die da so finden!«

Rita drohte mit dem Zeigefinger. »Vorsicht, Herr Schiller, denken Sie an Luigi Vadore! Der arme Kerl sitzt ganz schön in der Patsche.«

Da schaltete sich Mercadante wieder ein. »Kommt darauf an, wie man seine Verteidigung anlegt. Sicher, seinem Prozess muss er sich stellen. Ich denke aber, er wird bald wieder aus der Untersuchungshaft entlassen. Wenn er Glück hat, kommt er sogar mit einer

Geld- und einer Bewährungsstrafe davon. Wegen Störung der Totenruhe kann er nicht belangt werden, denn die ehemaligen Besitzer der amputierten Unterschenkel leben ja noch. Bleiben die Vortäuschung einer Straftat, grober Unfug, Irreführung und Behinderung der Polizei und freilich auch der Diebstahl der Leichenteile aus dem Krankenhaus.«

»Wirtschaftlich gesehen ist er am Ende«, sagte Rita. »Moralisch auch, aber das macht sich wieder und die Sozialhilfe kann man ihm nicht pfänden, die wird nicht viel unter seiner Rente liegen.«

»Wie hat er denn die Beine aus dem Krankenhaus organisiert?«, fragte ich in die Runde.

Ellwanger seufzte. »Wie er auf diese Schnapsidee gekommen ist, weiß ich nicht. Das war schon ganz schön makaber. Hart an der Grenze zur Leichenschändung! Früher hat Luigi in der Verwaltung des Schoppendorfer Krankenhauses mit der Entsorgung solcher wegoperierter Gliedmaßen zu tun gehabt und kennt sicher noch manchen Pfleger aus dieser Zeit. Er beteuert, ganz allein gehandelt zu haben, aber es muss ihm jemand dabei geholfen haben.«

Wir schwiegen betreten.

»Mir tun vor allem die Patienten leid, denen er so übel mitgespielt hat«, sagte Rita. »Ich hoffe, sie erfahren nie, dass sie selbst davon betroffen waren.«

»Ob das möglich ist?«, zweifelte Mercadante. »Man könnte auch der Auffassung sein, sie haben ein Recht darauf, das zu erfahren. Aber das werden Staatsanwalt und Richter entscheiden, wenn der Prozess läuft.«

»Wer hat eigentlich den bösen Brief an Frau Delbosco geschrieben, der stammte doch aus dem Büro der ›Happobau‹?«, fragte ich nach einer Weile Mercadante mit finsterer Miene.

Er wand sich etwas, bevor er antwortete. »Frau Delbosco hat ihn mir am Freitag gezeigt und die Unterschrift war eindeutig«, sagte er sichtbar peinlich berührt. »No, no, das war nicht gut. Ich habe mit Frau Moneta bereits telefoniert. Sie war wohl in diesem Fall etwas übereifrig – und nicht nur in diesem.« Er hob die Schultern leicht an und versicherte zerknirscht: »Bitte glauben Sie mir, ich billige solche Methoden nicht. Aber was soll ich machen? Ich kann mich nur noch einmal im Namen der Firma in aller Form dafür entschuldigen.«

Dann stand er auf, erhob sein Glas und setzte zu einer Lobeshymne an: »Wir sind Frau Delbosco sehr zu Dank verpflichtet. Durch ihren spontanen Einsatz, mit treffsicherem Spürsinn und mit weiblicher Intuition hat sie den rätselhaften Fall gelöst, der Schoppendorf wochenlang in Atem gehalten hat, und nicht nur das: Sie hat schließlich fast alles wieder auf die Reihe gebracht.«

»Jetzt brechen Sie sich mal nicht die Zunge ab, das ist mein Job«, antwortete Rita. »Schließlich gibt das eine fantastische Story für das ›Schoppendorfer Echo‹.« Gleich darauf berichtigte sie sich: »Nicht nur eine!«

Als Susanne Mercadante zum Büffet entführte, raunte ich Rita zu. »Und die Mafia?«

Rita verdrehte die Augen. »Wie hast du so schön gesagt? Da soll sich Böckle die Finger verbrennen, das ist mir jetzt doch zu heiß. Eins aber ist klar: Claudia Moneta scheint tatsächlich ein bisschen mehr als die Angestellte von Mercadante zu sein. Sie zieht im Hintergrund die Fäden und vielleicht sogar zusammen mit ihrem Ex.«

»Du meinst, sie ist in die ›Happobau‹ nur eingestiegen, um sie in den Konkurs zu treiben und macht in Wirklichkeit weiterhin gemeinsame Sache mit ihrem Ex? Sollten wir da nicht Böckle einen heißen Tipp geben?«

Rita lächelte: »Habe ich längst!«

Ellwanger hob sein Glas. »Ein Hoch auf Frau Delbosco! Ich habe Luigi Vadore heute Morgen in der Untersuchungshaft besucht und soll Ihnen allen einen schönen Gruß von ihm ausrichten, vor allem Ihnen, Frau Delbosco. Er hat eingesehen, dass er einen großen Fehler gemacht hat und ist froh, dass Sie ihn wieder auf Spur gebracht haben.«

Wir ließen sie alle hochleben, nur der Alte Fritz kicherte in sich hinein und zitierte seinen Namensvetter Friedrich Schiller: »Und trotzdem, das mit den Beinen im Beton: *Der Einfall war kindisch, aber göttlich schön.*«

Weitere Krimis finden Sie auf den folgenden Seiten und im Internet:

WWW.GMEINER-SPANNUNG.DE

WILDIS STRENG
Todesgleis

978-3-8392-1956-0 (Paperback)
978-3-8392-5169-0 (pdf)
978-3-8392-5168-3 (epub)

ENDSTATION Ein seltsamer Geruch irritiert den Vorsitzenden des Modelleisenbahnclubs Crailsheim. Die Ursache ist schnell entdeckt. Im Boden des Vereinsheims finden die Eisenbahner die Leiche ihres Vereinskameraden Karl Klingler – zerhackt und in Müllsäcke verpackt. Die Kriminalkommissare Lisa Luft und Heiko Wüst finden schnell heraus, dass das Mordopfer menschlich eher zweifelhaft war. Tochter Viola und seine Exfrau haben vollständig mit ihm gebrochen. Und Klingler hat sich als TÜV-Prüfer und übler Pedant viele Feinde gemacht …

KATRIN RODEIT
Alles schläft, einer wacht!

978-3-8392-1918-8 (Paperback)
978-3-8392-5093-8 (pdf)
978-3-8392-5092-1 (epub)

VON DEN TOTEN AUFERSTANDEN? »Sie ist tot. Aber ich habe sie gesehen. Hier in Ulm auf dem Weihnachtsmarkt.« Tobias Kohler ist auf der Suche nach seiner Frau. Sie ist bei einem Tauchunfall ums Leben gekommen, aber er schwört Stein und Bein, dass er sie in Ulm auf dem Weihnachtsmarkt gesehen hat. Niemand möchte ihm helfen, denn er meinte schon zu oft, sie irgendwo gesehen zu haben …

Privatdetektivin Jule Flemming will dem verzweifelten Mann helfen, doch die vermeintliche Ehefrau ist wie vom Erdboden verschluckt.

GMEINER SPANNUNG

WWW.GMEINER-VERLAG.DE
Wir machen's spannend